像　這樣的小事

彭玲嫻　譯

Claire Keegan

Small Things Like These

克萊爾・吉根——著

目錄

獻給曾經在愛爾蘭母嬰之家*與瑪德蓮洗衣中心†受苦的婦女與兒童

並獻給瑪莉・馬凱（Mary McCay）老師

「愛爾蘭共和國有權力並特此要求每一位愛爾蘭的男士和女士的忠誠。共和黨保證宗教和公民自由，給予它的每一位市民以平等權力和平等機會，並且宣布它追求整個國家的幸福和繁榮的決心，平等愛護國家的所有孩童。」

——摘自一九一六年《愛爾蘭共和國宣言》‡

1

十月樹木枯黃，時鐘調回了原本的時間[1]，十一月冷風久久長長，把樹木剝了個精精光光。新羅斯[2]小鎮裡，煙囪吐出煙霧，化作綿長的毛茸繩索，顫顫巍巍，晃晃悠悠，縹緲消逝在碼頭。黑啤酒[3]一般烏溜溜的巴洛河很快就漲滿了雨水。

人們大半心不甘情不願地咬牙忍受著這天氣。店鋪主人、零售商人、郵局裡、超市裡、遊藝場裡、咖啡廳裡、餐酒館裡、炸魚薯條店裡、牲畜拍賣場裡、領失業救濟金的隊伍裡，男男女女用各自不同的方式抱怨著這天氣有多冷、這下的是什麼雨，問著這樣的天氣裡可是隱含著什麼——是有可能隱含著什麼嗎？但誰又能相信這一天怎會又是這樣的濕冷天氣？

孩子們壯起膽子出門上學之前，會先把帽T的帽子戴上，他們的母親早已經習慣低頭奔向曬衣繩，或是因爲對天黑前連一件襯衫能不能曬乾都沒有信心，因此什麼也不敢曬出來。接著夜來了，冰霜重掌大權，凜凜寒意鑽進門底縫隙，刺骨如刀，把仍跪在地上誦唸玫瑰經[4]的人砍去膝蓋。

庭院裡，販賣煤炭和木柴的商人比爾．費隆搓著雙手說，天氣再這樣下去，卡車很快就要換一整套新的輪胎。

「這寶貝一天二十四小時都在路上跑，」他對手下工人說：「要不了多久，輪胎就會磨到只剩輪圈了。」

這是眞的，幾乎沒有哪個客人前腳離開煤場時，後腳沒有下一個客人緊跟著進來，或是沒有電話響起，而且幾乎人人都說他們需要立刻到貨，不能等到下星期。

費隆賣煤炭、泥炭、無煙煤、煤渣和木柴，一英擔一英擔[5]或半英擔半英擔地賣，或是整公噸、整卡車地賣。他也賣煤磚、引火柴，以及桶裝瓦斯。煤是其中最髒的貨物，冬季時得要月月到碼頭去載貨。從碼頭提貨、載運回去、在庭院裡整理、秤重，要花掉工人整整兩天的時間。波蘭和俄羅斯水手頭戴毛皮帽，身穿長大衣，扣緊了扣子，一個英文字也不會說，在鎮上晃蕩，這是個新奇的景象。

像這樣的繁忙時日，費隆會親自送貨，讓工人留在院子裡填裝下一筆訂單、劈砍樹木。農人會帶來成堆砍伐下的樹木，工人需要加以切割。一整個上午，鋸子和鏟子聲孜孜不倦不絕於耳，但當午禱鐘聲[6]響起，工人們便放下工具，洗去手上的污漬，走到柯霍餐廳去，店家會供應熱食和熱湯給他們，星期五會有炸魚和薯條[7]。

「空空的皮囊撐不住的。」柯霍太太喜歡這麼說。她站在新的自助餐檯後方切肉排，用長長的金屬湯勺把蔬菜和馬鈴薯泥打給顧客。工人們開開心心坐下，讓身子恢復暖意，飽餐一頓，然後抽上一根菸，又重新回到戶外面對寒風。

2

費隆是白手起家。比白手更白，有些人可能會這麼說。他的母親在威爾森太太家幫傭，十六歲時突然懷孕。威爾森太太是個喪偶的新教徒[1]，居住在距城鎮幾哩之外的大宅子裡。費隆母親的麻煩逐漸顯露跡象時，她的家人斬釘截鐵與她斷絕關係，但威爾森太太並沒有命令她捲鋪蓋走路，而是要她留下來繼續工作。費隆出生的那天早晨，是威爾森太太派人把費隆母親送到醫院，之後又派人把她們母子倆接回來。那天是一九四六年四月一日，有些人說這孩子將來會是個愚人。

費隆的嬰兒時代大半躺在威爾森太太家廚房裡的一個嬰兒提籃中，大一些後則被綁在碗櫥旁一臺大嬰兒車中，距離剛好讓他搆不著那些長長的藍色罐子。他最早的記憶便是一堆托盤、一臺黑色的大烤爐——好燙好燙——以及兩種顏色交錯的閃亮亮方形磁磚地板，他在地板上爬行，後來在那地板上走路，更之後他得知那地板看來像西洋棋盤，棋盤上的棋子要不就會跳過其他的棋子，要不就會被其他棋子吃掉。

威爾森太太膝下無子，費隆的成長過程中，威爾森太太對他視如己出，分派小小的工作給他，教他識字讀書。威爾森太太有個小小的圖書室，不太在乎他人的眼光，靠著丈夫在大戰中陣亡所獲得的撫恤金以及她所悉心飼養的一小群海佛牛[2]和哲維綿羊[3]所能產出的小小收入，很有節制地自顧自過活。農場工人奈德也與他們同住，家中平靜和樂，少有爭執，由於農場圍籬防護得好，土地管理得宜，又毫無欠債，與鄰居也少有摩擦。由於信仰天主教與信仰新教的雙方對宗教都並不狂熱，因此這方面也並無衝突。每到星期日，威爾森太太不過就是換上洋裝和鞋子，把精緻的帽子別在頭上，由奈德駕駛福特車載到新教教堂，威爾森太太下車後，奈德再往前開一些，把費隆母子載到天主教小聖堂。回家的時候，兩邊的祈禱書和聖經都放在玄關的衣帽架上，直到下一個星期日或下一個宗教節日才重新拿起。

讀書時代費隆常受嘲弄，有些人會用惡毒的字眼謾罵他。有天回家時，他的外套背後被吐了口水。但與大宅子的關係使他獲得了一些保護，一些喘息空間。後來他念了幾年的職業學校，才到煤場工作，做的事約略就是他自己的員工現在所做的事，之後才慢慢爬上來。他有生意頭腦，出了名地好相處，又由於養成了一些新教徒的好習慣，因此也值得信賴，同時他總是早起，又不愛喝酒。

如今他與妻子愛琳及五個女兒住在鎮上。他是在愛琳任職於葛雷夫船運公司（Graves & Co.）時認識她的，他用很一般的方式追求她，請她看電影，夜晚帶著她在舊日馬匹拖船用的河畔道路[4]長長時間地散步。他喜歡她黑亮的頭髮、深灰色的眼睛，和務實靈活的頭腦。他倆訂婚時，威爾森太太給了費隆幾千鎊[5]供他創業。有人說她之所以給他錢，是因為他的生父是她家裡的什麼人——畢竟他不是用英國國王威廉的名字來命名的嗎[6]？

但是費隆從沒得知過自己的生父是誰。他的母親死得突然，一天用手推車裝滿一車子的小酸蘋果上坡，要到大宅子去做果醬，突然就倒臥在鵝卵石路上。腦出血，醫生事後這麼說。當時費隆十二歲。多年以後，費隆到戶政事務所去申請出生證明，父親那欄寫的是「不詳」兩字。戶政人員把出生證明從櫃檯遞給他時，嘴角彎出一個醜陋的笑容。

如今，費隆不想要耽溺於過去，他的注意力緊緊鎖在爲女兒們供應所需上頭。這幾個女兒與愛琳同樣頭髮烏亮，皮膚白皙。她們在課業上已經顯露天賦，大女兒凱瑟琳每星期六都跟著他到小小的組合屋辦公室，幫忙記帳來賺取零用錢。她能把週間收進來的帳目歸檔，並且把多數的帳目記錄下來。瓊安同樣頭腦好，新近還加入了唱詩班。她倆都在念中學，就讀於聖瑪加利大學校[7]。

中間的孩子喜拉和第四個孩子葛蕾絲只相差十一個月，兩人會背九九乘法表，會做直式除法，念得出愛爾蘭所有縣市和河川的名稱，有時她們會在廚房桌上勾勒出河川並且加以著色。她倆也同樣有音樂天賦，每星期二放學後到山上的修道院去上手風琴課。

最小的蘿蕊塔雖然羞怯怕生，但她的生字簿都會得到星星，正在閱讀布萊敦[8]的少年小說。她畫了一幅畫，是一隻藍色胖母雞在結凍的池塘上溜冰，得到了德士古繪畫獎[9]。

有時費隆看見自家孩子做了些該做的小小事情，例如在小聖堂裡下跪禮拜，或是向找錢給她們的店鋪老闆道謝，費隆會打從心底感到一股竊竊的深刻喜悅，爲這些孩子感到自豪。

「我們很幸運，不是嗎？」一天夜晚他在床上對愛琳說：「外頭很多人過得很不好。」

「沒錯，我們絕對很幸運。」

「也不是說我們多有錢，」他說：「但還是很幸運。」

愛琳用手緩緩壓平床單上的一個皺褶。「發生什麼事了嗎？」

費隆頓了好一會兒才答腔：「米克．辛諾家的小子今天又在路上撿柴火了。」

「我猜你停下來了？」

「今天不是下傾盆大雨嗎？我把車停下來，載他一程，還把口袋裡的零錢都給了他。」

「我就知道。」

「妳以爲我給了他一百鎊。」

「你知道有些人過得不好是自找的？」

「總不是小孩子的錯。」

「星期二的時候辛諾在電話亭裡醉得一塌糊塗。」

「可憐的傢伙！」費隆說：「不知道是哪裡出了問題。」

「他的問題就是喝太多。他要是有替孩子著想，就不會這樣遊手好閒，會想辦法脫困。」

「也許他就是沒辦法。」

「也許吧！」愛琳嘆了口氣，伸手關上電燈：「總是有人運氣比較不好。」

有些夜晚，費隆躺在愛琳身邊，回想著這樣的小事。也有些日子，搬運沉重貨物搬運了一天，或是輪胎在路上爆胎，他耽擱了時間，淋了一身濕，回到家後會飽餐一頓，早點上床，卻在半夜醒來，感覺到愛琳在他身畔熟睡，他會躺在床上，思緒百轉千迴，焦躁不安，最後終於決定下樓去煮開水泡茶。他會手捧杯子站在窗邊，眺望街道以及他所能看見的河段，看著街上發生的小小事件——流浪狗翻找垃圾箱，搜尋殘羹剩飯；薯條店的袋子及空罐頭在路面滾動，被強勁的風雨吹得四處亂竄；走出小酒館的落單男人踏著蹣跚腳步踉蹌回家。這些蹣跚酒客偶爾會唱起小曲兒，也有些時候，費隆會聽見挑逗性的尖銳口哨聲和笑聲，他會緊繃起來，想像自己的女兒逐漸成長，會走進男人的世界。他已經能看見男人的眼光追著自己的女兒跑。但他的心中有些部分始終是緊繃的，他自己也說不上來為什麼。

失去一切是世界上最容易的事，費隆知道。費隆沒有出過遠門，但他走遍了附近鄉鎮，在城裡與城郊見過許多不幸的人。領失業救濟金的隊伍愈來愈長，有些人付不起電費，住在比防空洞暖不了多少的房子裡，裹著外套和衣而睡。每個月的第一個星期五，婦女們會在郵局牆外提著購物袋排隊，等著領取兒童零用金[10]。更遠一些，在鄉間，他知道有些牛隻哀號著要人替牠擠奶，卻得不到理睬，因為照顧牠們的人突然決定遠走高飛，搭船到英格蘭去了。有回有個來自聖穆林[11]的人搭便車進城來付款，他說他們得知自己欠繳多少帳單，得知銀行將要對他們施加罰則，嚇得夜不成眠，不得不把吉普車賣了。有天清晨，費隆看見一個小男童在神父居所背後從貓咪的碗裡搶牛奶喝。

費隆到處送貨時，並不怎麼喜歡收聽廣播，但偶爾他也會扭開收音機聽聽新聞。那年是一九八五年，愛爾蘭的年輕人都在外移，移往倫敦、波士頓、紐約。諾克[12]新開了一間機場，豪伊[13]還特地親自來剪綵。豪伊總理與柴契爾夫人就北愛問題簽訂了協約[14]，貝爾法斯特[15]的聯合主義者[16]敲鑼打鼓上街遊行，抗議都柏林政府有權對他們的事務指指點點[17]。科克[18]和克立[19]的人潮較為稀疏，但仍有一些民眾聚集在聖殿，但願聖像會再度移動[20]。

新羅斯的造船公司已經倒了，位在河對岸的大型肥料工廠愛施（Albatros）付了好幾筆遣散費。班奈特建設公司裁撤了十一名員工。愛琳從前工作的葛雷夫船運公司打從所有人有記憶以來就一直存在，如今也關門大吉。拍賣商說生意慘淡到還不如賣冰給愛斯基摩人。賣花的肯尼小姐店鋪就開在費隆的煤場附近，她已經用木板把窗子封了起來，封窗的那晚還拜託費隆的某個員工幫忙她扶著木板，好讓她釘釘子。

時局艱難，但費隆更加打定主意要勇往直前，要保持低調，與人爲善，要好好撫養女兒，看她們成長，讓她們在聖瑪加利大完成學業。聖瑪加利大是鎮上唯一女孩可念的好學校。

3

聖誕節就要到了。廣場上已經豎起了一棵俊美的聖誕樹，樹旁有馬槽，幾個耶穌降生場景的人物都上了新漆。約瑟的袍子包含了紅色和紫色，有些人抱怨顏色太過鮮豔，但聖母瑪利亞身穿固有的白色藍色袍子，順服地屈膝跪地，卻獲得了一致的好評。棕色的驢子同樣看來一如往常，站立守護著兩隻沉睡的小羔羊以及一個嬰兒床，聖誕夜當晚，他們會把小耶穌放進嬰兒床裡。

習俗上，民眾會在十二月的第一個星期日天黑之後，聚集在鎮公所外欣賞點燈。這天下午無雪無雨，但寒風凜冽，愛琳要孩子們拉上防風外套的拉鍊，戴上手套。到達鎮中心時，風笛隊和佳音隊已經整隊集合，柯霍太太擺起一個攤子，販賣薑餅和熱巧克力。瓊安已經早一步到達廣場，正和唱詩班的其他團員一同發送聖歌歌譜，修女們則四處走動，一面監督女孩，一面和幾個家境富裕的家長聊天。

站著不動太冷，因此他們到岔出的小路上走了走，躲進漢拉翰鞋店[1]凹進牆內的入口，愛琳停下腳步來欣賞一雙藏青色的漆皮皮鞋和與之搭配的手提包，順便和鄰居說說話，也和一些遠道而來、平日較少見面的朋友聊聊天，交換交換新消息。

沒有多久，擴音器便發出宣告，邀請大家集合。鎮議員高檔大衣外戴上了議員徽章，跨出賓士車，短短致了一段詞，啟動一個開關，燈亮起來。五彩繽紛的長串燈泡愉悅地在群眾頭頂的風中搖曳，底下的街道彷彿神奇地瞬間變身，鮮活起來。群眾間響起一波波小小的掌聲，風笛隊很快便奏起樂來，但蘿蕊塔看見高大胖壯的聖誕老人沿街走來時，緊張地後退一步，哭了起來。

「沒事的，」費隆安慰她：「不過是個跟我一樣的男人，只不過穿了造型服裝而已。」

其他的孩童排成隊伍，要與聖誕老人屋[2]裡的聖誕老人見面拿禮物，蘿蕊塔卻挨在費隆身旁，緊緊牽著費隆的手。

「妳不想去就不用去沒關係，小乖乖。」費隆說：「跟我一起待在這兒就好。」

但儘管他這麼說，看見自己的孩子對於其他孩子巴巴渴望的東西如此害怕，他感到難受，禁不住要擔憂這孩子有沒有足夠的勇氣或能力去應付未來的人生。

當天傍晚回到家，愛琳說，這個時間早該開始做聖誕蛋糕了。她開開心心拿出食譜，要費隆把一磅的奶油和糖裝在棕色的陶碗裡，用手持攪拌器攪拌，女兒們則負責磨碎檸檬皮，將蜜餞果皮和櫻桃秤重、剁碎，將整顆杏仁泡進滾水裡脫去外皮。有一小時左右的時間，一家人就這麼與水果乾奮戰，挑去葡萄乾的梗，愛琳則用篩子篩麵粉和香料、打發幾顆矮腳雞蛋[3]、給烤模上油、在烤模外側裹上雙層牛皮紙，用麻繩綁緊。

費隆負責照管雷朋烤爐，放進一小鏟一小鏟的無煙煤，並且調整通風，以保持烤箱在夜裡仍能穩定地以低溫加熱。

麵糊混合好了之後，愛琳用木杓將麵糊塞進方形的大烤模中，先將頂端壓平，再狠狠往底部敲了幾下，好讓麵糊塞滿烤模的各個角落。她笑了一陣，但一把烤模放進烤爐並且關上門，她就把廚房打量了一番，要孩子們收拾收拾，好讓她可以繼續下一項工作，接著她便開始燙衣服。

「妳們何不來寫信給聖誕老公公呢？」

總是一樣的，費隆想。他們總是這樣機械性地接續進行手邊的下一項事務，毫不停歇。他想，如果他們有時間細想，有時間深思熟慮，人生會如何呢？他們的人生會有所不同，還是會相差無幾，又或者，會不會完全失控呢？縱使當他在攪拌糖和奶油時，心思都不在此時此地，不在這個他與妻女共度的距離聖誕節不遠的星期天，而在於明天，在於誰積欠了多少帳款，在於他將要在何時如何將各個客戶訂購的貨物一一送達，在於他將要派給哪個員工哪項任務，在於他將要在何時如何去收取客戶應付的款項，他也知道，在明天結束之前，他的心思也同樣會如此轉個不停，爲更下一天做規劃。

此時此刻，他注視著愛琳，愛琳正解開盤捲的熨斗線，插上插座。他又注視自己的女兒，女兒們坐在桌旁，習字本和鉛筆盒攤在桌上，準備要寫信。費隆不情不願地追憶起自己的童年，他曾經寫出盡可能漂亮工整的信，請求聖誕老人送給他他的爸爸，或者不行的話，就給他一盒五百片的農場拼圖。聖誕節的早晨，他來到威爾森太太偶爾准許他們共用的客廳，壁爐爐火已經點燃，他在聖誕樹下找到三個用相同綠色包裝紙包裹的禮物，第一份裡頭包了一個指甲刷和一塊肥皂，第二個是奈德送的，裡頭是個熱水袋。威爾森太太則送他一本《小氣財神》[4]，是一本舊書，有著紅色的硬皮封面，散發著霉味，沒有插圖。

他走出屋外，到牛舍去哭泣，去掩藏他的失望。聖誕老人沒有來，他的父親沒有來，就連拼圖也沒有來。他想起學校裡同學對他的閒言閒語，想起同學給他的諢稱，明白他們如此對待他正是這個原因。他仰起頭，看見綁在牛欄的牛正心滿意足地從架子上拔出草來吃。進屋之前，他先在馬的飲水槽中洗臉，戳破表面的冰，把手深深插進刺骨冷水之中，久久不抽出來，藉著凍寒轉移心中酸楚，直到麻木得完全感覺不到痛爲止。

他的父親此刻在哪裡呢？有時他會不知不覺注視著年紀較長的男性，尋找與自己相仿的面容，或是豎起耳朵聆聽旁人的談話，想在言詞話語裡找到蛛絲馬跡。當地肯定有人知道他的父親是誰，畢竟人人都有父親的，而他知道，人們在談話中除了談論自己外，必定會透漏一些自己所知的事，他的周遭怎麼會從沒有誰對這事置過一詞呢？

費隆結婚不久，便決定要詢問威爾森太太是否知悉他的父親是誰，但每個他前去探視的夜晚，他都不曾鼓起勇氣來開口。威爾森太太待他們母子這樣好，開口詢問這事在她眼中可能會顯得十分無禮。幾乎不到一年，威爾森太太就中風進了醫院。費隆在週日前去探視，她的左半側已經不能動彈，也無法再說話，但她仍認得他，舉起了仍能動的那隻手。她像個孩子，從床上坐起，凝視窗外，碎花睡袍扣子一路扣到下頷。那是個強風大作的四月午後，窗玻璃寬闊而澄澈，白色花朵成堆從亂顫的櫻桃樹上紛紛飄落，費隆把窗開了個小縫，因為威爾森太太從不喜歡待在密閉房間中。

「把拔，聖誕老公公有沒有去看過你？」喜拉忽然萬般詭異地問了這個問題。

他的這幾個女兒髮色黝黑，目光銳利，有時簡直像小女巫。男人身強體壯、色慾薰心，社會地位又高於女性，女人會害怕男人不難理解，但女人的直覺精明機靈，其實遠比男人更深沉。她們可以預知尚未發生的事，可以在夜裡夢見未來，可以看穿人的心思。結婚之後，費隆偶爾幾乎會有些害怕愛琳，會羨慕她的勇氣毅力，羨慕她火燙敏銳的直覺。

「把拔？」喜拉說。

「聖誕老公公當然有來過呀！」費隆說：「有一年他送我農場的拼圖。」

「拼圖？就只有拼圖？」

費隆嚥了一口口水。「小乖乖，快把信寫完。」

這一夜，孩子們在討論可以向聖誕老人索取什麼禮物以及什麼東西她們可以彼此分享共用時，發生了小小的口角。愛琳針對什麼禮物還算適度、什麼願望太過貪求提供建議，費隆則指導她們拼字。

葛蕾絲到了懂事的年紀，發現收信地址這樣短很奇怪。

「『北極聖誕老人收』。地址不可能只有這樣吧？」

「北極那邊每個人都知道聖誕老公公住哪裡。」凱瑟琳說。

費隆對她眨眨眼。

「我們怎麼知道信來不來得及寄到？」蘿蕊塔抬頭去看肉商贈送的月曆，月曆上標示著月亮盈虧的變化，屬於十二月的最後一頁被風吹得稍稍揚起。

「把拔明天一大早就會去寄信。」愛琳說：「寄給聖誕老公公的信都會用限時專送。」

她燙完了襯衫和上衣，開始燙枕頭套。她總是先處理最困難的事。

「電視打開，我們可以聽聽新聞。」她說：「我有預感豪伊又會偷偷回鍋[5]。」

終於所有的信都裝進了信封，封口邊緣的黏膠用嘴舔過了，信封放在壁爐上等著郵寄。費隆看著壁爐上的相框，相框裡是愛琳的全家福，有她的父親、母親和兄弟姊妹。壁爐上還擺放了些愛琳收集的小飾品，費隆不知怎地感覺這些飾品有些廉價。費隆成長的屋子裡盡是些精緻簡樸的物件，威爾森太太大方地任他使用那些物件，因此那些東西屬不屬於他並不造成太大的差別。

隔天是該上課的日子，但女孩們當晚仍然獲准慢些上床。喜拉泡了一瓶黑醋栗汁，費隆則守在雷朋烤爐的門口，滑稽地用長長叉子烤著女孩們塗上馬麥醬[6]或檸檬醬的蘇打麵包[7]。他把自己的那片麵包烤焦了，但他說是他自己的錯，他自己沒注意，把麵包拿得離火太近，因此還是把麵包吃了下去，但吃的時候喉頭哽咽起來，彷彿這樣一個夜晚今後再也不會重現了。

這會兒在週日夜晚，又是什麼事觸動了他呢？他再次不由自主地回想起從前在威爾森家的日子，他推測是由於這晚他有過多的時間可以耽溺在這樣的情緒中，而五彩繽紛的燈飾、聖誕音樂、瓊安在唱詩班中歌唱的身影、她那十足隸屬於那團體、那情境的模樣，在在都使他感傷起來，還有檸檬的氣味，讓他恍如再次與母親一同在聖誕期間置身於那間精緻的老廚房中，當年母親會把用剩的檸檬裝入其中一只藍色罐子裡，加入糖，浸泡溶解一整夜，做成鮮榨檸檬汁。

沒有多久，他就重整情緒，告訴自己一切不會重來。人人都有歲月與機會，而歲月與機會一旦經過便再不復返。能夠身在現實，卻又偶爾讓現實引你回顧過往，不是件美好的事嗎？雖則回憶使人哀愁，但比起專注於機械式的日常繁瑣以及前方或許永遠不會眞正降臨的困難，偶爾緬懷緬懷過往豈不挺好？

待他揚起頭，已經將近十一點了。

愛琳注意到他的目光。「妳們該上床的時間老早過了。」她把熨斗放回原處，蒸氣一陣嘶嘶作響。「快上樓刷牙去！天亮以前不准再讓我聽見妳們發出一點點聲音！」

費隆站起身去把快煮壺注滿水，好幫女兒塡裝熱水袋。水滾了，他裝滿頭兩個熱水袋，擠壓出袋裡的空氣，熱水袋發出小小的橡膠咻咻聲，接著他旋緊蓋子。在等待第二壺水燒開時，他想起多年以前奈德在聖誕節送給他的熱水袋，雖然他對禮物失望，但之後許久許久，那份禮物都夜夜溫暖了他。他也記起在下一個聖誕節來到之前，他已經讀完《小氣財神》，因爲威爾森太太鼓勵他用那本大字典查生字，威爾森太太說，每個人都應該要識很多字。「識字」這個詞他在字典上找不到，很久之後他才得知，「識字」的「識」不是「是不是」的「是」[8]。隔年他參加拼字比賽，贏得冠軍，獲得一個木製鉛筆盒獎品，鉛筆盒的蓋子是用滑開的，滑下來可以當尺用。威爾森太太摸著他的頭稱讚他，好像他是她的親生孩子。「這都要歸功於你自己。」威爾森太太這麼告訴他。接下來的一整天或更久一些，費隆走到哪兒都感覺自己好像長高了一呎，他眞心相信自己和其他孩子一樣重要。

女孩們都上了床，熨燙的最後一件衣服也摺好收了起來，愛琳關上電視，從櫃子裡拿出兩支雪莉酒杯，注滿她買來做乳脂鬆糕[9]用的布里斯托奶油雪莉酒。她嘆了口氣，在雷朋烤爐前坐下，脫下鞋子，放下頭髮。

「妳今天辛苦了！」費隆說。

「那沒什麼，」她說：「好歹蛋糕的部分是完成了。我不知道我幹嘛拖這麼久，我今晚碰到的主婦中，沒有哪個還沒做蛋糕的。」

「愛琳，妳不放鬆一點，這樣忙進忙出的，自己都會跟自己打起架來。」

「你也差不多啊！」

「起碼我星期天都放假。」

「你星期天放假，可是有沒有真的休息到，這才是重點。」

她往門口樓梯底部瞥了一眼，站了起來，彷彿感受得到孩子們睡著了沒有。

「她們睡了。」她說：「你手伸過去拿一下好不好？我們來看看信裡面寫了些什麼。」

費隆從壁爐上拿下信封，兩人一同展信閱讀。

「這些孩子都還算有禮貌，起碼不會要求要太陽星星當禮物，眞是好，不是嗎？」愛琳讀了一會兒後說：「我們的教育一定做得還不錯。」

「都是妳的功勞，」費隆承認：「我整天都不在家，回到家就吃飯睡覺，隔天早晨她們都還沒起床，我就又出門了。」

「你很棒呀，比爾。」愛琳說：「我們沒有欠人一毛錢，這都是你的功勞。」

「她們的拼字都沒問題，但是蘿蕊塔怎麼會寫『新愛的聖誕老公公』呢？」

夫妻倆花了好一會兒才把全部的信讀完，並且針對什麼該買而什麼不該買商議了一番，最後決定在負擔得起的範圍內，盡可能滿足孩子們的願望。凱瑟琳老是在注意電視上李維斯經典款牛仔褲的廣告，因此他們打算幫凱瑟琳買一條牛仔褲。瓊安整個夏天都在看「拯救生命」演唱會[10]，並且愛上了佛萊迪·墨裘瑞[11]，所以要買皇后合唱團的專輯給她。喜拉寫的信最短，簡簡單單只說，若是沒有其他選擇的話，就要一套拼字遊戲。葛蕾絲不大確定自己要什麼，但是列了一張長長清單，於是他們決定買個地球儀給她。蘿蕊塔毫不三心二意——如果聖誕老公公願意送她一本《五小冒險——海邊歷險記》或《五小冒險——逃亡破大案》[12]，或兩本都送，她就會請聖誕老公公吃一大片蛋糕，還會在電視背後藏一片。

「你看，」愛琳說：「又一樣工作快要完成了。明天早晨她們上學的時候，我搭公車去沃特福[13]採買。」

「要不要我載妳一程？」

「你知道你沒空的啊，比爾。」愛琳說：「明天是星期一呢！」

「我想也是。」

愛琳打開烤爐，遲疑了一霎，然後把那幾封信扔進火中。

「這些孩子都長大了，愛琳。」

「我們只消眨個幾下眼，她們就會嫁出去了。」

「可不是嗎？」

「時光飛逝呀！」

愛琳看了看烤爐上的溫度計，指針指的溫度降到非常低，正符合她的期望，她把椅子往烤爐拉近了些。

「你決定好聖誕節要送我什麼禮物了嗎？」她展開笑顏。

「喔，別擔心。」費隆說：「妳今晚在漢拉翰鞋店給我的暗示我收到了。」

「啊，你有在注意，而且提前準備了，眞好！」她看來十分開心：「那你想要什麼呢？」

「我沒有需要什麼。」費隆說。

「想不想要新的長褲？」

「好像不大需要。」費隆說：「也許可以來本書吧，聖誕假期我可以休息放鬆，看點書。」

愛琳從杯子裡啜了一口酒，往費隆瞥一眼：「怎樣的書？」

「也許可以來本華特・麥肯[14]的書。或是《塊肉餘生記》[15]。我從來沒抽出時間來把這本書讀完過。」

「了解！」

「或者一本大本的字典，放在家裡，給孩子們用。」

他喜歡家裡有一本大字典的感覺。

「你有什麼心事嗎，比爾？」愛琳的手指沿著酒杯的邊緣畫著圈：「你今天晚上的心思飄到幾英里外去了。」

費隆轉開視線，感覺到她的直覺又運作起來了，而她凝視的目光灼熱。

「你是不是又在想威爾森家的事？」

「啊，只不過是回想一些事情而已。」

「我想也是。」

「妳從來不回想過去的嗎，愛琳？從來不擔心事情嗎？有時候我眞希望我能跟妳一樣。」

「擔心？」愛琳說：「我昨晚夢見凱瑟琳的一顆牙齒蛀掉了，我用鉗子幫她拔牙，差點從床上摔下去。」

「啊，每個人都會做惡夢的。」

「應該是吧！」她說：「聖誕節快到了，有那麼多事情要花錢，壓力很大。」

「妳覺得我們家孩子過得還好嗎？」

「什麼意思？」

「我也不知道。」費隆說：「蘿蕊塔不敢進聖誕老人屋，我在擔心是怎麼了。」

「她還小。」艾琳說：「給她一點時間，她會慢慢上軌道的。」

「可是我們算過得還可以嗎？」

「你是指經濟上嗎？我們這一年來過得不錯呀，不是嗎？我每個星期都還會在信用合作社裡存點錢。我們應該要跟合作社貸個款，明年冬天之前把屋子前面的幾扇窗戶換新，我真是受不了這個風！」

「我也不大確定我是什麼意思，愛琳。」費隆嘆了口氣：「我今晚只是有點累而已，別理我。」

工作與時時刻刻的擔憂，這一切到底是為了什麼呢？費隆想。天色未明便起床到煤場去，挨家挨戶送貨，一整天忙個不休，在夜色中回到家，洗去一身髒汙，坐在桌邊吃晚餐，上床睡覺，隔天在黑暗中醒來，又重複完全相同的程序。難道事情永遠不會改變，永遠不會進化成其他更新的東西嗎？近來他開始思索，除了愛琳和女兒們，還有什麼東西是重要的呢？他就要四十歲了，卻感覺自己庸庸碌碌，一事無成，偶爾無法不納悶人生在世所為何來。

他驀然想起職校時期某個暑假到一間蕈菇工廠打工的往事。上工的頭一天，他用盡全力跟上旁人的速度，收割進度依舊比同伴慢上一截。終於收割完一整排蕈菇時，他大汗淋漓，停下動作回頭去看起始處，發現新的蘑菇已經又從堆肥中冒出頭來，他的心一沉，明白同樣的事又將要重複一次，一整個夏天，日復一日，同樣的過程會重複再重複。

有一分鐘的時間，他強烈而愚蠢地渴望將這段回憶訴說給愛琳聽，但愛琳的心情振奮起來，開始分享她從廣場上聽來的消息——那位人人都說永遠不會結婚的中年殯葬業者向一個年紀只有他一半大的女侍求婚了，女孩在恩尼斯科西的莫菲福樂飯店工作，殯葬業者把她帶到城裡，買了佛瑞斯妥銀樓[16]裡最便宜的一枚戒指給她。理髮師的兒子是個還在當學徒的電氣工人，最近被診斷出罹患一種罕見癌症，醫生說只剩不到一年可活。有報導說，聖誕節過後，愛施肥料廠會遣散更多員工，人們還說，偏偏在這時局，新一年的年初會有馬戲團前來表演。郵局的女局長生了三胞胎，全是男孩，不過這是昨天的舊聞了。她還聽說，威爾森家的人把牲畜都賣了，只剩下幾隻狗，所有的土地都出租給佃農去耕作，奈德則患了一點點支氣管炎。

聊到沒話題可聊時，愛琳伸手拿過《週日獨立報》，甩了甩。費隆不是第一次感覺自己對愛琳而言不是個好同伴，他往往無法使漫漫長夜變得輕鬆愉快。她有沒有曾經想像過，當初若是嫁給了不同的人，人生會如何？他的心情並不低落，只是呆坐著，聆聽壁爐上時鐘滴答，風在煙囪裡詭異地咻咻作響。雨又開始落下，重重打在窗玻璃上，吹得窗簾搖曳。他聽見烤爐裡一塊無煙煤碎裂在另一塊無煙煤上，他多放了些無煙煤進去。

睏意在某個時刻襲上了他，但他撐著不上床，坐在椅上幾度瞌睡又醒轉，直到時針指到了三，一根棒針戳進聖誕蛋糕裡，拔出來時上面沒有沾染麵糊。

「嗯，水果沒有沉下去。」愛琳十分滿意地說，接著用迷你瓶裝的威士忌給蛋糕洗禮了一番。

4

這是個烏鴉滿天的十二月。從沒有人見過這樣的情景，整批整批黑壓壓的鴉群聚集在鎮郊，大舉進入鎮內，在街上昂首闊步，厚顏無恥地蹲踞在吸引牠們注意的任何瞭望崗哨，啃食死去的動物，或是調皮地朝著路上任何看似可吃的東西俯衝，夜裡則在修道院附近那幾棵巨大的老樹上歇息。

修道院在河對岸的山上，外觀宏偉，有大大敞開的漆黑正門以及許許多多晶光閃閃的巍峨窗戶，面向城鎮。門前的花園一年到頭都收拾得井然有序，草坪清爽俐落，裝飾性的灌木叢整齊排列，挺拔的樹籬修剪成四四方方。偶爾他們會在戶外升起小小的火焰，怪異的裊裊輕煙呈現青綠色，視風的走向，或飄上河面，越過城鎮，或往沃特福方向遠遠颺去。天氣逐漸乾燥，且更加寒冷，人們談論著修道院形成了多美的一幅畫，紫杉與長青樹覆著點點白霜，景象像張聖誕卡。而鳥兒不知何故從沒碰過冬青樹上的任一顆果實，這是那兒的老園丁從前親口說的。

負責管理修道院的是善牧會的修女[1]，她們在修道院開設一間女子培訓學校，爲女孩子提供基礎教育，同時也經營一家洗衣店。外界對培訓學校所知甚少，但洗衣店名聲不壞，附近的餐廳、旅社，鎮上的安養院、醫院，所有的神職人員和富裕家庭都把衣物送去那兒洗。據說所有送進去的東西，無論是成堆的床單還是單單十幾條手帕，洗出來都潔淨如新。

關於那修道院還有其他的傳說。培訓學校裡的學生，大夥兒稱爲培訓學校女孩，有人說她們根本不是學生，而是品行不良的女孩，在那裡接受矯正，用洗去床單上的髒污來贖罪，每天從黎明工作到黑夜。鎮上的護理師說，她曾被找去治療一名十五歲的女孩，女孩因爲在洗滌盆旁站立太久，而患了靜脈曲張。另有些人則宣稱死命工作到天昏地暗的是修女自己，她們忙著編織漁夫毛衣[2]和串念珠供出口外銷，修女們眼睛不好但心性純良，除了禱告外不准說話，有些人白天只准吃麵包配奶油，直到夜晚收工，才有熱騰騰的晚餐可吃。還有人信誓旦旦地說，那兒不過就是母嬰之家，社經地位低下的未婚女子在產子之後被送到那裡躲藏，他們說，是那些女孩的家人自己把她們送去的，私生子則出養到富裕的美國家庭，或被送到澳洲，他們還說，嬰孩出養到國外，修女們拿了不少錢，他們把這事當門生意來進行。

但是傳說太多了，大半的傳說完全不可信。鎮上的閒人和閒言閒語從來沒缺過。

費隆從來不信這些傳言，但有天傍晚，他比預定時間提早到修道院去送貨，由於前側都沒人，他往房子後側走，經過煤倉，來到山牆下，有道沉重大門，他解開門閂推門進去，裡頭是一片美麗果園，園子裡果樹結實累累，有紅色和黃色的蘋果與梨子。他走進果園，想要竊取一顆長了斑點的梨子，但他的靴子才一觸到草地，就有一群凶惡的鵝追著他跑。他向後退卻，那些鵝踮起腳尖拍打翅膀，趾高氣昂地伸長脖子，衝著他嘶嘶怒吼。

他繼續向前走，來到一座點著燈的小小聖堂，裡頭有十多個少婦和女孩趴在地上，拿著抹布，用裝在錫罐裡的舊式薰衣草亮光蠟，畫著圓圈猛力擦拭地板。他不過是上前詢問卡默修女人在何方，但這些女人一看見他，神情便彷彿是遭到了責罵。女人腳上都沒穿鞋，而是穿著黑襪，身上則是某種樣式極其醜陋的灰色連身裙。其中一個女孩長了難看的針眼，另有個女孩頭髮參差凌亂，彷彿被個盲人拿大剪刀整治過。

走到他面前的就是頭髮參差的這個女孩。

「先生，您能幫幫我們嗎？」

費隆不由自主地倒退了一步。

「您只要帶我到河邊就好了，這樣就夠了。」

她操著都柏林口音，語氣極其誠摯鄭重。

「到河邊？」

「或者只要帶我走出大門就好了。」

「小妹妹，這不能由我決定，我哪裡都不能帶妳去。」費隆一面說，一面攤開空空的掌心給她看。

「那麼帶我回家吧，先生，我會爲您工作到死。」

「我家裡有五個女孩呢，還有太太。」

「我什麼親人都沒有，只想把自己淹死。您連這點小小的鳥事都不能幫忙嗎？」

女孩忽然沒來由地雙膝落地，擦起地板來。費隆轉過身，看見告解室旁站著一個修女。

「修女好。」費隆說。

「您有什麼事嗎？」

「我找卡默修女。」

「她去聖瑪加利大了。」修女說：「也許我能幫您處理。」

「修女，我送了一大堆木柴和煤炭過來。」

修女一理解到對方是誰，語氣就變了：「剛剛在草地上惹惱鵝群的就是您嗎？」

費隆怪異地感覺自己受了責備，不再注意那女孩，而跟著修女返回前門。修女在門前細細查看送貨單，清點貨品，確認貨品與訂單相符，接著便扔下費隆，從側門進屋，費隆則把木柴和煤炭搬進煤倉。不一會兒，修女從前門走出來付錢。費隆趁修女數錢時，細細把她打量了一番。她像匹強壯小馬，是那種長久以來都得以一意孤行的被寵壞的小馬。他有股衝動想開口詢問那女孩的事，卻又打消念頭，最後僅僅是開了張修女要求的收據，遞給修女。

一坐上卡車，他便拉上車門，動身上路。在路上行駛了好一陣，他才發現自己忘了轉彎，正朝錯誤的方向全速行駛，他得要提醒自己靜下心來，放鬆一些。那些女孩雙膝跪地匍匐擦地的情景及她們落魄邋遢的樣貌在他的腦中洶湧。同樣令他心驚的是，當他隨著修女從小聖堂回到前側時，他注意到從果園通往前側的大門內側掛著一支鎖頭，而隔在修道院與聖瑪加利大中學之間高聳的圍牆頂端插著碎玻璃。他也注意到修女走出前門來付錢時，用鑰匙把身後的門鎖了起來。

霧氣升起，大片大片地氤氳繚繞，蜿蜒的道路沒有空間可以迴轉，他只有右轉上一條岔路，行駛了一會兒，又再右轉上另一條路，路變窄了。他又再轉一個彎，經過一座他不確定自己是不是早已經過的乾草棚，之後看見一頭落單的公羊，身上拖著一根短短的繩子，接著遇見一個穿背心的老人，手持一把鐮刀，在路旁劈砍一大堆枯死的薊。

費隆停下車來向那人道晚安。

「請問您方不方便告訴我這條路通往哪兒去呢？」

「這條路？」那人放下鐮刀，倚在刀柄上，直直盯著他：「孩子，你想要去哪裡，這條路就通往哪裡。」

當晚在床上，費隆一度考慮不要將修道院裡的所見所聞告訴愛琳，卻還是說了。愛琳坐挺了身子說，這些事與他們無關，他們對這事無能爲力，更何況，山上那些女孩也和其他所有人一樣，都需要生火來取暖，不是嗎？那些修女向來準時付帳，不像好多人，什麼都賒帳，賒到你不得不強力催帳，然後麻煩就來了。

好長的一番話。

「妳知道什麼內情？」費隆問。

「就我告訴你的那些，沒有了。」她說：「何況這些事情與我們有什麼干係？我們家小朋友都健康快樂，受到很好的照顧，不是嗎？」

「我們家小朋友？」費隆說：「這和我們家小朋友有什麼關係？」

「沒有關係。」愛琳說：「難道我們對那些事有責任嗎？」

「呃，我本來覺得沒有的，但聽妳說了這番話，我反而不大確定了。」

「想這些有什麼意義？」愛琳說：「想東想西只會讓人心情低落而已。」

她撫弄著睡衣上珍珠般的小小鈕扣，情緒有些焦躁。「如果你要好好過生活，有些事情就必須視而不見，才有辦法繼續走下去。」

「我沒有不同意妳的看法，愛琳。」

「同意也好，不同意也好，你就只是心軟而已，口袋裡的零錢都會給別人，而且……」

「妳今晚是哪裡不對了？」

「沒有哪裡不對，只是你不瞭解。你成長過程中沒見識過什麼苦。」

「妳是指什麼樣的苦？」

「有些女生自己不知檢點，這你可是很清楚。」

愛琳如此漫不經心地三言兩語就擊中他的痛處。但他們在一起這樣多年，愛琳頭一次如此傷他。某種小而硬的東西梗在他的喉頭，無論他如何努力，都吐不出，也吞不下。最後，他既無法嚥下這如鯁在喉的情緒，也找不到言詞來和緩他倆之間的尷尬。

「我沒必要那樣對你說話，比爾。」愛琳稍後冷靜下來：「但是只要我們照顧好自家的事，不跟人作對，好好堅持下去，我們的孩子就永遠不用經歷那些女孩所遭遇的事。那些女孩會被送到那裡去，是因為世界上沒有人關心她們。她們的家人什麼也不做，只任她們爲所欲爲，等她們出了事，就棄她們於不顧。有小孩的人怎麼能這樣不注意呢？」

「可是萬一出事的是我們家小孩怎麼辦？」費隆說。

「我在說的就是這個。」愛琳的聲音又揚了起來：「出事的不是我們家小孩。」

「幸好威爾森太太不是跟妳一樣想法，對不對？」費隆望著愛琳：「萬一她跟妳一樣想法，我媽會到哪裡去？我現在又會到哪裡去？」

「威爾森太太的煩惱和我們差得多了。」愛琳說：「坐擁豪宅、農場、老人年金，還有你媽和奈德供她使喚。世界上有幾個女人可以愛做什麼就做什麼？她就是其中之一，不是嗎？」

5

氣象預報聖誕節那週會下雪。大夥兒知道煤場會關閉十天左右，個個都慌了，紛紛趕在最後一刻急下訂單，並且抱怨電話一直撥不通。更何況，這年的最後一批貨到得遲，在碼頭等著他去取。凱瑟琳學校放假了，費隆到鎮外去送貨並且盡可能收取帳款時，辦公室就交給凱瑟琳掌管。中午他回到辦公室，凱瑟琳已經把下一批要送的貨整理好，出貨單也準備好了，因此費隆在出發送貨前草草吃個幾口飯，也不至於在時間上造成太大的耽誤。

星期六他送完上午的貨後回到辦公室，凱瑟琳看起來氣嘟嘟，但他們已經只剩最後一批訂單還沒處理了。凱瑟琳把出貨清單遞給費隆，說修道院剛剛下了一筆大訂單。

「我現在就去叫工人們傍晚以前把貨準備好。」費隆說：「明天早上我自己去送這批貨。」

「明天是星期天欸，爸爸！」

「我有什麼辦法呢？星期一的行程已經滿到不能再滿了，再來又是聖誕夜，只有半天可以工作。」

他急著再度出門，決定放棄午餐，只灌了一馬克杯的茶，配上幾片餅乾，但他在瓦斯暖爐旁取暖了一下。卡車上的暖氣壞了，他的雙腿雙腳都在發冷。

「妳這兒夠暖嗎，凱瑟琳？」

凱瑟琳正在整理發票，因爲找不到放發票的地方，而顯得一臉茫然。

「爸，我沒事。」

「妳沒事？」

「我很好。」她說。

「我不在的時候，那些工人有沒有欺負妳？」

「沒有。」

「有的話一定要告訴我。」

「爸，沒有那樣的事，眞的。」

「妳發誓？」

「我發誓。」

「那是有什麼事？」

她轉開了頭，手上拿著那疊發票，身體緊繃起來。

「小乖乖，到底怎麼了？」

她把修道院的訂單戳在紙插上。

「我只是想在商店打烊之前跟朋友去逛逛街，看看聖誕燈飾，試穿試穿牛仔褲，可是剛剛媽咪打電話來說我要跟她去看牙醫。」

隔天早晨，費隆起床拉開窗簾，天空看來怪異，彷彿與地面相距咫尺，稀稀疏疏點綴著幾顆黯淡的星星。街上有條狗往一個罐頭裡舔拭食物，鼻子頂著那罐頭，把罐頭在冰凍的人行道上推得嘎嘎作響。烏鴉已經出來了，在街上側著身行走，發出短促而嘶啞的呱呱聲以及長而流暢的嘎嘎聲，彷彿認爲這世界多多少少有些令人反感。其中一隻烏鴉撕扯著一個披薩盒，腳爪踩住紙板，賊頭賊腦地啄食紙板上的殘渣，銜起一塊餅皮，拍拍翅膀迅捷飛走了。其他的一些烏鴉看來精明俐落，收起翅膀大踏步巡視著地面及周遭環境，這使費隆聯想起教堂的助理牧師，他總愛背著手在鎮上走動。

愛琳睡得深沉，費隆注視她好一會兒，感覺著她的需要。他任自己的眼光遊走，越過她赤裸的肩膀、沉睡中張開的手掌、枕頭套上墨黑的頭髮，他深深渴望待著別走，渴望伸手去撫摸她，但他沒有吵醒她，默默拿起掛在椅子上的襯衫與長褲，在黑暗中穿衣。

下樓之前，他走進孩子們的房間去看看凱瑟琳。凱瑟琳昨晚拔了一顆牙，此刻正沉睡。她身旁的瓊安動了動，翻了個身，發出一聲嘆息。較遠的床上，蘿蕊塔睜大眼睛清醒著。費隆幾乎是感覺到而不是看到她的雙眸在黑暗中閃爍。

「妳還好嗎，小乖乖？」費隆輕聲問。

「把拔，我很好。」

「我要出門去，不會很久。」

「你一定要出門嗎？」

「我半小時就會回來了，妹妹。回去睡覺吧！」

他進到廚房，沒花力氣燒水或泡茶，只拿片麵包塗上奶油，直接拿在手裡吃掉，接著便出門到煤場去。

街道結了霜，路面滑溜，星期天的清晨，他的靴子踩在人行道上，聲音異常響亮。來到煤場大門前，他發現鎖頭被霜凝結了，他感覺存活是那樣辛苦的一件事，恨不得剛剛待在床上別起來，但仍舊鼓起氣力越過馬路，來到一間亮著燈的鄰舍門前。

他在門上輕輕敲了敲，來應門的不是這家的主婦，而是一個身穿長睡袍、肩披披肩的年輕女子。她的頭髮既不棕也不紅，而是肉桂色，幾乎長到腰際，一雙腳赤裸。她的背後有座瓦斯爐，正在一只茶壺和一個平底鍋底下吐著圈型火焰，餐桌旁圍坐了三個小小孩，桌上有著色簿和一包葡萄乾。他認得那三個小孩。屋裡瀰漫著一股熟悉的美好氣味，他卻說不上也認不出是什麼氣味。

「不好意思打攪了！」費隆說：「我從馬路對面過來的，我想要進煤場，但是鎖頭凍住了。」

「不會打攪。」女子說：「你需要水壺嗎？」

她的口音聽來像是來自西愛爾蘭。

「如果妳不介意的話，」費隆說：「是的。」

女子把頭髮越過肩膀撥到背後，費隆無意間瞥見了她棉衣下赤裸的胸脯。

「水壺正在燒水，來。」女子伸手去拿水壺：「你就拿去吧！」

「妳需要泡茶呢！」

「你拿去吧！」女子說：「拒絕給人水會倒楣的[1]。」

他用熱水澆開鎖頭，回到剛才的鄰舍，敲了敲門並輕聲呼喚，裡頭的女人說，進來吧。他推開門，看見飯桌上點了根蠟燭，女人正往幾碗穀片注入熱牛奶，要給孩子們做早餐吃。

費隆站了一會兒，感受這個簡樸房舍裡的祥和氣氛，任由自己一部分的思緒遠走飄揚，想像他若是住在這裡，娶了這個女子爲妻，定居在這棟房子裡，會是什麼樣的情景。他近來常愛幻想自己身在另一個地方，過著另一種生活。他好奇這是否存在於他的血液之中，他的父親會不會是那些突然決定遠走高飛，跳上船前往英國的人當中的一個？人生中有這樣多的際遇由機運所掌控，這似乎合情合理，但同時卻又嚴重地不公平。

女子接過水壺，問：「成功了嗎？」

「成功了。」費隆在交還水壺時感覺到女子手的冰冷。「多謝！」

「要不要喝杯茶？」

「我沒有比喝茶更想做的事了。」費隆說：「但我還有事要忙。」

「再燒一壺水要不了幾分鐘的。」

「老實說，我快遲到了。不過我會請我的員工拿一袋木柴過來。」

「啊，不用這麼客氣啦！」

「聖誕快樂！」費隆一面說，一面轉身離去。

「也祝你聖誕快樂！」女子在費隆的背後喊。

費隆一用門檔撐開大門，便恢復了理智，專注於下一項工作。他很擔心卡車會出狀況，但轉動鑰匙時，引擎順利發動了，費隆呼出一口自己都不知自己憋著的氣，接著讓引擎繼續運轉。前一晚他已經根據訂單核對過貨品了，但此時此刻他不由自主地又核對了一遍。他很確定前晚鎖門前他把煤場巡了一遍，但此刻他又檢查了一次煤場，看看地面有沒有好好打掃，秤上頭有沒有遺留貨品。他並不需要進組合屋拿東西，卻仍然打開門，點亮燈，查看屋裡的一切——一疊疊的紙張、電話簿、檔案夾、出貨單、插在紙插上的發票。正當他寫紙條交代員工送一袋木柴到對面鄰舍時，電話響了。他站在一旁盯著電話，等待鈴聲停止，停止後，他又多等了一、兩分鐘，看會不會重新響起。寫好紙條，他退回室外，鎖上門。

開車上山前往修道院的路上，車頭的燈光反射回來，穿過擋風玻璃，費隆感覺彷彿自己與自己相遇。他盡可能安靜無聲地駛過修道院前門，在側邊迴轉，來到煤倉，熄掉引擎，睡眼惺忪地爬下車，放眼望向紫杉與矮樹籬，望向石洞和裡頭的聖母像，聖母的眼光下垂，彷彿對腳邊的人造花感到失望，高高的窗戶透出燈火，在地面投射出一片一片的光亮，霜在光亮中閃爍。

山上多麼安靜，但爲什麼卻從不祥和？天仍未明，費隆俯視曖曖含光的黑暗河水，水面一五一十映照著燈火通明的城鎮。有這樣多的東西遠看聖潔美麗，近看卻不是那麼回事。他說不上自己情願要哪一個，是城鎮本身還是水面的倒影。不知何處有歌聲唱著〈齊來崇拜歌〉[2]，很可能是隔壁聖瑪加利大的住宿生，但後天就是聖誕夜，女孩們早該回家了，不是嗎？那麼想必是培訓學校的學生了，又或者會不會是修女自己在爲早晨的彌撒練唱？費隆站著聽了一會兒，向下俯視城鎮，俯視煙囪裡剛剛冒起的炊煙，仰望天空中逐漸黯淡的小小星辰。就在他站著的當兒，最亮的一顆星墜落，留下一條長長尾巴，猶如黑板上的一道粉筆痕，驚鴻一瞥便消失不見。另一顆星則宛若燃燒殆盡，逐漸隱沒。

費隆打開車尾門，又走去試圖打開煤倉的門，門閂結了霜，僵硬難解，費隆禁不住自問他是否成了個門外困獸，這一生中有許許多多的時間，他可不是都站在一道又一道的門面前，苦苦等候門的開啟？他用力解開門閂，一推門，便感覺到門內有個東西，但過去他在煤倉裡見過許多狗，煤倉裡往往是連狗都沒有空間可以好好躺臥的。他看不清屋裡的狀況，不得不走回卡車去拿手電筒。一打亮手電筒，他就從地面的狀況判斷出來，屋裡這女孩在這兒待了不止一夜了。

「我的天哪！」費隆說。

他唯一能想到的事便是脫下大衣，走上前去裹在女孩身上，女孩瑟縮起來。

「我沒有要傷害妳，小妹妹。」費隆解釋：「我只是送煤炭過來。」

他又一次把手電筒照向地面，很不給面子地照亮了一地的排泄物。

「上帝保佑妳，孩子。」費隆說：「快離開這裡吧！」

他終於把女孩帶到屋外，看清楚了眼前的景象——一個勉強還能站立的女孩，頭髮剪得像狗啃。他心中較平凡的那一面簡直後悔來到這地方。

「妳沒事的。」他對女孩說：「靠在我身上吧！」

女孩似乎不想讓他靠近，但他終究還是扶著女孩，勉強走到了卡車旁，女孩靠在溫暖的引擎蓋上，向下俯瞰城鎮的萬家燈火，俯瞰河水，接著就如費隆方才一樣，望向遙遠的天空。

「我出來了！」好一會兒之後，女孩終於吐出這一句。

「對。」

費隆把圍在她身上的大衣裹緊一些，這回女孩似乎不介意了。

「現在是白天還是晚上？」

「是清晨。」費隆說：「天很快就會亮了。」

「那是巴洛河嗎？」

「是啊！」費隆說：「裡頭有鮭魚，還有強勁的水流。」

有一會兒的時間，費隆分不出這女孩是不是他被鵝噓的那天在小聖堂看見的女孩，但很快他便弄清了，這是不同的女孩。他把手電筒照向女孩的腳，發現她的腳趾甲既長，又被煤炭染得烏黑。他關掉手電筒。

「妳怎麼會被忘記在煤倉裡？」

女孩沒答話，費隆猜測到女孩此刻心中必定有的感覺，絞盡腦汁想說點安慰的話，卻什麼話也沒想出來。過了好半霎時間，幾片冰凍的樹葉從砂礫上飄過，費隆鎮定下來，扶著女孩來到修道院前門。儘管心中有某個部分質疑自己究竟在做什麼，他仍然沒有停手，他的習慣是一旦開始便會堅持下去。但按門鈴的時候，他感覺到自己緊繃起來。聽見門鈴在屋內響起，他抖顫了一下。

門一會兒就開了，一個年輕的修女探出頭來。

「噢！」她發出小小的驚呼聲，隨即關上門。

費隆身旁的女孩什麼話也沒說，僅是呆站著，眼光死死盯著門，彷彿她的眼光能把門燒穿一個洞。

「到底是怎麼一回事？」費隆說。

女孩仍然什麼話也沒說，費隆再一次搜索枯腸，想要找些話說，卻依舊一無所獲。

他倆就這麼在天寒地凍中站在門前臺階上，枯等了好一會兒。他知道，他大可以帶她走，可以把她帶到神父寓所，或帶回家，但女孩這樣瘦小，對旁人的問話又全不回應，他心中較平凡的那一面再一次只想擺脫這事，快快回家。

他又一次伸出手按門鈴。

「你能不能問他們我的寶寶在哪裡？」

「妳說什麼？」

「他一定餓了。」她說：「現在是誰在餵他呢？」

「妳有小孩？」

「他十四週大了。他們把他帶走了，可是如果他在這裡，說不定他們會讓我餵他。我不知道他在哪裡。」

費隆重新開始思考這下該怎麼辦，但就在這一刻，院門大大打開了，開門的是修道院院長。院長是個高個子婦人，費隆在教堂見過她，但鮮少與她打交道。

「費隆先生，」她笑容滿面地說：「您星期天一大早就撥冗上我們這兒來，眞是難爲您了。」

「院長，」費隆說：「我知道很早，打攪了。」

「眞是抱歉嚇著您了。」院長對費隆說，說完便轉頭斥責女孩：「妳是跑到哪裡去了？」接著又轉變了語氣：「我們剛剛才發現妳沒在床上，正打算要報警找妳。」

「這孩子不曉得是怎麼跑進煤倉的，」費隆對院長說：「一整夜都被鎖在裡面。」

「上帝保佑妳，孩子。快進來，上樓去洗個熱水澡，不然要著涼了。這可憐的孩子有時候分不清白天和黑夜。我眞不知道該怎麼照顧這個孩子。」

女孩呆站著，像是陷於某種恍惚狀態，並且開始顫抖。

「進來吧！」院長對費隆說：「您嚇著了，我們泡杯茶給您喝。」

「啊，不用了。」費隆倒退一步，彷彿這麼退能退回這事還沒發生前的時光。

「請務必進來，」院長說：「我可不能這樣怠慢客人。」

「院長，我時間很趕，」費隆說：「我得要趕回家換衣服去參加彌撒。」

「那請您進來讓時間不再趕。現在還很早，今天有好幾場彌撒可以參加。」

費隆不由自主地聽從了院長的指示，脫下帽子，跟著院長進屋去。他扶著女孩穿過走廊，穿過廚房，廚房裡有兩個女孩在水槽前削蕪菁皮、沖洗甘藍菜頭。剛才應門的那個年輕修女站在一個巨大無比的黑色爐灶前，攪動著什麼東西，燒著一壺開水。整個廚房及裡頭的一切器物纖塵不染，光可鑑人。牆上掛著許多鍋子，費隆在其中的幾只上看見自己稍縱即逝的倒影。

院長並沒有停下腳步，沿著鋪滿磁磚的走廊繼續向前走。

「這邊請。」

「院長，我們把您的地板弄髒了。」費隆聽見自己這麼說。

「沒關係，」院長說：「有汙泥的地方就有好運。」

院長領著費隆和女孩來到一個雅致的大房間，鑄鐵壁爐裡有剛剛升起的爐火，屋裡有張長桌，覆蓋著雪白桌巾，椅子環繞四周，一旁有桃花心木的餐具櫃和玻璃書櫥。壁爐上方掛著若望保祿二世[3]的照片。

「坐到火爐邊取取暖吧！」院長把費隆的大衣交還給他：「我去照顧這孩子，順便看看茶泡好了沒有。」

她走出房間，順道把門帶上。但她前腳剛走，年輕的修女後腳就進來了，手上拿了一只托盤。她的手有些顫巍巍，一支湯匙掉了下來。

「妳們一定有客人要來！」費隆說。

「還有別的客人？」修女似乎很驚駭。

「掉了湯匙就會有客人來，」費隆解釋：「這只是一種說法。」

修女注視著費隆，說：「原來如此。」

接著她盡可能鎮定地繼續手邊的工作，把茶杯和茶盤放下來，但是費了好一番功夫才打開一個錫罐的蓋子，從裡頭拿出一塊三角形的水果蛋糕，用刀子快速地切割。

院長回來了，她緩步走向火爐，拿起火鉗，戳了戳剛升起不久的火，熟練地把燃起的煤塊堆成一堆，又從煤桶裡夾出費隆新送來的最上等煤塊，在已經點燃的煤塊周邊圍成一圈，然後才在對面的安樂椅坐下。

「家裡一切都好嗎，比利？」院長開口說話。

她的眼眸既不藍，也不灰，而是介於中間的色調。

「院長，托您的福，一切都很好。」

「孩子們呢？好不好呢？我聽說您有兩個孩子在我們這兒上音樂課，很有長進。您還有兩個孩子在隔壁，對吧？」

「她們都表現得還不錯，感謝上帝。」

「您還有一個孩子加入了唱詩班對吧？好像很融入那個團體。」

「她們都很乖，很有教養。」

「上帝允許的話，不久之後，她們就都會到隔壁去上學了。」

「是的，院長，上帝允許的話。」

「只不過現在的孩子好多，要幫每個孩子都找到容身之處可不容易。」

「那是一定的。」

「您有五個孩子，還是六個？」

「院長，我們家有五個孩子。」

院長站起來，掀開茶壺壺蓋，攪了攪茶葉。「但是雖然如此，一定還是很失望吧！」

她背對著費隆。

「失望？」費隆說：「失望什麼？」

「沒有兒子繼承香火。」

她話說得貌似懇切，但費隆對這類談話經驗豐富，他知道院長話中有話。費隆伸長腿，任由靴子碰觸到擦拭晶亮的黃銅壁爐柵欄。

「當然啦，院長，我自己冠的也是我媽的姓，這從來也沒對我造成過什麼傷害。」

「眞的嗎？」

「我對女孩有什麼好不滿的呢？」費隆繼續說：「我媽從前也是個女孩。我敢說，您和所有的女性也都曾經是女孩。」

院長沉默了一陣，費隆感覺她並不是無言以對，而是在改變策略，但這時門開了，煤倉裡的女孩身穿襯衫、開襟毛衣和百褶裙，腳踏鞋子走了進來，濕漉漉的頭髮亂糟糟地梳理開了。

費隆微微站起身：「妳換衣服換得可眞快！有沒有好一點呢，孩子？」

「來這兒坐下吧！」院長替她拉了張椅子：「喝點茶，吃點蛋糕，暖暖身子。」院長看似愉快地拿起茶壺，替女孩斟了茶，又把牛奶罐和糖罐推到女孩伸手可及的地方。

女孩在桌邊坐了下來，笨手笨腳地挑掉蛋糕中的水果，就著熱茶把剩餘的蛋糕吞下去，但拿不穩茶杯，花了好些功夫才把茶杯重新放回茶碟。

院長先是閒聊了一陣，漫不經心地談論新聞及無足輕重的瑣事，接著話鋒一轉：

「妳要不要告訴我們妳是怎麼跑到煤倉去的呀？」院長說：「只要說出來就好，不會受罰的。」

女孩坐在椅子上的身子僵直起來。

「誰把妳弄到那兒去的？」

女孩恐懼的眼神四處飄移，有一瞬望向費隆，隨即又垂落，落在桌子以及她盤中的蛋糕屑上。

「她們把我藏在那裡，院長。」

「怎麼藏？」

「我們只是在玩。」

「玩？跟我們說說，妳們玩什麼？」

「報告院長，就是玩玩。」

「一定是玩躲貓貓吧，這麼大了還玩躲貓貓！遊戲結束的時候她們沒想到要放妳出來嗎？」

女孩轉開視線，發出了一種怪異的啜泣聲。

「這會兒又是怎麼了，孩子？不過就是出了錯，不是嗎？就是虛驚一場，不是嗎？」

「是的，院長。」

「是怎樣呢？」

「報告院長，是虛驚一場。」

「妳受了驚嚇，如此而已。妳需要的是吃頓早餐，然後好好睡一大覺。」

年輕的修女從剛才到現在一直如座雕像般杵在房裡，這會兒院長往她望去，對她點點頭。

「妳幫這孩子去煎點什麼來吃，好吧？帶她去廚房，讓她飽餐一頓，然後今天讓她休息一整天。」

費隆看著修女把女孩帶開，立即理解到這女人希望他快快滾蛋，但急於脫身的衝動如今被一股死守立場堅不讓步的執拗所取代。外頭天色漸亮，第一場彌撒的鐘聲就要響起。他畢竟是這群女人當中唯一的男人，這種他頭一次察覺的古怪權力鼓舞了他，他坐在椅上，不動如山。

他看著眼前這個女人，看著她的一身打扮——衣裝筆挺，皮鞋晶亮。

「聖誕節一眨眼就來到了呀，不是嗎？」他搭訕著說。

「是呀，的確是。」

他不能不佩服院長。她的確夠冷靜。

「您有聽說吧？氣象預報說會下雪。」

「我們還是有可能會有個白色聖誕的。不過下雪天您的生意更好，不是嗎？」

「我們確實很忙。」費隆說：「我不會抱怨下雪。」

「您的茶夠了嗎？還是要再幫您斟一杯？」

「院長，我們不如就把那一壺喝光吧！」費隆不肯放棄，伸出了杯子。

斟茶的那隻手冷靜平穩。

「您的船員這週在城裡嗎？」

「那些船員不是我的船員，不過我們確實有一批貨進來了，放在碼頭，沒錯。」

「您放心把外國人帶進城裡？」

「人總要出生在某個地方呀！」費隆說：「耶穌不也是出生在伯利恆嗎？」

「我可不會把那些人跟主耶穌相提並論。」

她的忍耐已經超過了極限，她把手深深探進口袋裡，掏出一枚信封。

「費用要麻煩您出個付費通知，不過這一點心意，算是給您的聖誕禮物吧！」

費隆並不想接受，卻還是伸出了手。

院長送費隆出門，送到廚房，年輕的修女站在煎鍋前，把一顆鴨蛋打在兩片血布丁[4]旁。煤倉裡的女孩坐在桌旁，呈現一種恍惚狀態，面前並沒有任何食物。

費隆知道她們期望他繼續向前走，但他硬是在女孩身旁停了下來。

「孩子，有什麼我能幫妳的嗎？」他說：「妳只管開口就行了。」

女孩望著窗戶，深吸一口氣，哭了起來，是那種總是遭遇冷眼的人頭一次或是難得獲得溫柔相待時的那種哭。

「妳要不要告訴我妳叫什麼名字？」

她回頭望了望修女。「我在這裡叫安達。」

「安達？那不是男生的名字嗎？」

她答不出來。

「那妳本來叫什麼名字？」費隆語氣溫柔。

「莎拉。」女孩說：「莎拉．瑞德蒙。」

「莎拉，」費隆說：「我媽也叫莎拉。妳是哪裡人？」

「我們家在克倫加[5]還要過去一點。」

「克倫加？那不是比基爾達文[6]還更遠一點？」費隆說：「妳是怎麼跑到這裡來的？」

爐子前的修女咳嗽了一聲，狠狠甩動了一下煎鍋，費隆明白女孩不能再說更多了。

「嗯，妳現在心情不好，那是一定的。我叫比爾．費隆，我在碼頭附近的煤場工作，妳有事情就下山到煤場找我，或者託人通知我過來。除了禮拜天，我每天都在那裡。」

修女正把蛋和布丁裝進盤裡擺好，從一個大盒子裡挖出人造奶油，大聲地嘎吱嘎吱塗抹在一片吐司上。

費隆決定不再說話了，他步出屋外，順道把門帶上，在門口的階梯站了一會兒，直到聽見裡頭有人把門鎖上，才離開。

6

「你錯過了首場彌撒。」費隆回到家後，愛琳說。

「我可是在山上修道院那邊，她們不放我走，非要我進去喝茶不可。」

「聖誕節到了啊！」愛琳說：「這是應該的。」

費隆沒有答腔。

「她們給了你什麼？」

「茶，」費隆說：「還有蛋糕，就這樣。」

「沒有給你別的東西嗎？」

「別的什麼東西？」

「聖誕禮物啊！她們從來不會不給聖誕禮物的。」

費隆差點兒把那信封忘了。

愛琳打開信封，拿出卡片，一張五十鎊的鈔票飄落在她的膝頭。

「她們人眞好，不是嗎？」愛琳說：「我早上要去拿我們訂的火雞和火腿。這個錢付完肉店的帳款還會有剩。」

「卡片我看看。」

卡片上畫著一片蔚藍天空，空中有天使飛翔，地面上，約瑟帶領著驢子，聖母和小耶穌騎在驢背上。卡片的背面有「逃往埃及[1]」的字樣，內頁用極倉促的筆跡寫著：「給愛琳、比爾及女兒們。祝闔家福壽無疆！」

「希望你有跟她們說謝謝。」愛琳說。

「幹嘛會不說謝謝？」費隆把信封扭成一團，扔進煤桶。

「你是在不爽什麼？」愛琳把卡片從費隆手上接過來，放到壁爐上，和她的其他擺設並立。

「沒有不爽什麼。」費隆說：「爲什麼這樣說？」

「那你把那身衣服脫掉，換一下衣服吧！不然你會害我們連第二場彌撒也趕不上。」

費隆走到屋後的廁所，拿起肥皂，緩緩地在水槽中洗手、洗臉、刮鬍子，有些地方他把刀片湊得太近，以致割傷了頸子。他看著鏡中自己的雙眼、頭髮的分線，看著自己的眉毛，覺得兩道眉毛似乎比前次檢視自己時靠得更近了。他盡可能地刷洗指甲，希望能除去指甲下的污漬，然後懷著一股全新的不情不願，換上體面衣衫，和愛琳及孩子們徒步來到小聖堂，路上感覺某些部分的人行道陡峭且極其滑溜。

孩子們踏進聖堂土地時，愛琳笑嘻嘻地問：「妳們有沒有零錢可以捐給奉獻箱呀？還是把拔把零錢全施捨給別人了？」

「沒必要講這種酸言酸語。」費隆的嗓子尖銳起來：「妳皮包裡的錢不夠奉獻這麼一次嗎？」

愛琳的笑容消失了，一股詫異在她的臉龐擴散。她緩緩拿出皮包，給孩子們一人發了一枚十便士硬幣[2]。

在聖堂門口，一家人先在大理石洗禮池用手指蘸聖水，劃十字，洗禮池的水面被他們浸入的手指攪起了漣漪。劃完聖號後，大夥兒走進聖堂的雙扇門。費隆站在門邊，看著女孩們根據她們所受的教導，熟練地先行屈膝禮，而後入座，瓊安則繼續走到前排唱詩班的座位，行屈膝禮後跪下。

一些圍著頭巾的婦女低聲誦唸玫瑰經，大拇指撥弄著念珠。家族經營大農場的人以及商務人士身穿羊毛或花呢衣裝，大踏步走到前排座位，放下跪蹬，這些人走過時，身上飄散肥皂與香水的氣味。一些年長的男性坐上座位，脫下帽子，用一隻手指熟練地劃十字。一個剛剛成家的年輕男子滿臉通紅地走過去，與新婚妻子並肩坐在聖堂中央。愛嚼舌根的人待在走道底端，好有個清晰視野，尋找可有人穿了新外套、剪了新髮型、新近跛了腳，或是有什麼其他不同尋常的事。獸醫多爾迪手臂吊著吊帶來到，群衆間就有許多人用手肘互相戳著彼此，或是低聲交頭接耳。到生了三胞胎的郵局女局長頭戴綠色天鵝絨帽走過時，戳手肘的動作和交頭接耳的聲音便更多了。大人把鑰匙交給小小孩把玩，讓他們藉以遊戲，同時也安撫他們的情緒。有個嬰孩掙扎著想掙脫母親的懷抱，哭得抽抽咽咽，被帶了出去。有些男人總是待在門外，要等彌撒開始的鐘聲響起才進屋，一蓬蓬的香菸與一陣陣的笑聲於是從門外飄進聖堂。

沒有多久，教音樂的卡默修女便在風琴前坐下，開始彈奏。輔祭男童引領教區神父進堂，除了極年邁及肢體障礙的人士之外，全體起立，神父身著紫袍，衣襬長到腳跟，在他的身後飄揚。

神父背對著會眾，緩緩行了屈膝禮，才步上祭壇背後的位置。他大大展開雙臂，開口說道：「因父、及子、及聖神之名。願天父的慈愛，基督的聖寵，聖神的恩賜與你們同在。」

「也與你的心靈同在。」會眾齊聲回應。

那天的彌撒感覺冗長。費隆並沒有認真參與，僅心不在焉地聽著，注視晨光透過彩繪玻璃投射進來。神父宣講時，費隆的目光跟著苦路圖像[3]遊走——耶穌背負十字架、耶穌跌倒、遇見母親、遇見耶路撒冷的婦女、又跌倒兩次、被剝去衣服、被釘上十字架、死亡、下葬。祝聖餅酒結束後，到了該上前領聖餐的時刻，費隆背靠著牆，執拗地待在原地不動。

同一個星期天的稍晚，一家人回到家，吃了佐花椰菜和洋蔥醬的羊排後，費隆立起聖誕樹，孩子們掛上燈串和飾品，在相框背後和櫃子頂端擺放聖誕莓果，費隆坐在烤爐旁看著孩子們忙碌。孩子們把斷了線的小飾品交給費隆，費隆重新串好，感覺自己像個老人。聖誕樹完全妝點好，燈飾插上電，燈光亮起，葛蕾絲拿起手風琴，想要彈一首〈叮叮噹〉。喜拉打開電視，躺上長沙發，收看《菜鳥獸醫日記》[4]。費隆但願愛琳可以坐下，但愛琳一洗完碗，便拿出麵粉和陶碗，說他們該來做百果派[5]，並且給蛋糕淋上糖霜了。凱瑟琳揉了油酥麵糰，並且桿平，蘿蕊塔用倒扣的杯子切出一個個圓形，愛琳和瓊安分開蛋黃與蛋白、打散蛋白、過篩糖粉。聖誕蛋糕裹上了杏仁糖膏，她們把蛋糕拿出來，放在鋁箔墊上，喜拉這時堅稱該輪到她彈奏手風琴了，與蘿蕊塔兩人於是吵了起來。

費隆站起來，到煤倉去把煤桶加滿無煙煤，又帶了些柴火進來，接著拿起掃帚，開始掃地。

「你一定要這時候掃地嗎？」愛琳說：「我們在給蛋糕上糖霜呢！」

費隆把地上掃出的灰塵、冬青葉以及細碎的松樹枝倒進烤爐，烤爐噴出小小火焰，發出劈啪巨響。房間彷彿逐漸收攏，從四面八方包圍他，壁紙上毫無意義的重複花紋逼近在他眼前，一股逃離此地的渴望襲上心來，他想像自己穿著舊衣，在黑暗田野間的漫漫長路上踽踽獨行。

六點鐘，電視響起了晚禱鐘聲，接著播報新聞，這時鐵網架上已經有數十個百果派正在放涼，聖誕蛋糕也已經塗好糖霜，有個小小的塑膠聖誕老人立在上頭，膝蓋以下全埋在糖霜裡，周邊則圍繞著幾隻馴鹿。費隆聽見氣象預報，向窗外望了望，看見街燈亮起，他再也坐不住了。

「我想去看看奈德。」費隆說：「現在不去，大概就沒時間去了。」

「你就是在煩惱這事嗎？」

「我沒有在煩惱什麼事，愛琳。」費隆嘆了口氣：「妳不是說他人不大舒服嗎？」

「那把這些帶去給他吧！」愛琳用牛皮紙包了六個百果派：「跟他說請他聖誕節來我們家坐坐。」

「我當然會邀請他。」

「他願意的話，聖誕節當天可以來我們家吃晚飯。」

「妳不介意？」

「我們家反正人這麼多，再多一個又何妨？」

費隆懷著某種如釋重負的心情，穿上大衣，往煤場走去。置身戶外，看見河水，看見氣息呼在空氣裡，感覺萬般美好！碼頭上，一群身型碩大、色澤光亮的海鷗自費隆身邊滑翔而過，可能是想要在關閉的造船廠中覓食，但估計會徒勞無功。費隆心中有某些部分但願此時此刻是星期一早晨，他可以埋首沿著道路繼續開下去，忘我地專注於日復一日機械性的工作中。星期天有時感覺乏味又難以忍受。爲什麼他不能像其他男人那樣，彌撒過後喝上一、兩品脫的酒，吃頓晚餐後在火爐邊拿著報紙打盹兒，輕輕鬆鬆享受週末假期呢？

多年以前，威爾森太太仍健在的時候，有個星期天，費隆到大宅子去。當時他結婚未久，凱瑟琳還在襁褓中。費隆有這樣的習慣，天氣好的星期天，午飯過後他會騎腳踏車回大宅子去看看。結果那天下午威爾森太太不在家，但奈德坐在廚房火爐旁抽菸，喝著一瓶黑啤酒。他一如往常地歡迎費隆，很快便開始重溫當年襁褓中的費隆來到大宅子的情景，回顧威爾森太太如何天天下樓來看嬰兒籃裡的費隆。「她從來沒後悔過。」奈德說：「她從沒說過你什麼難聽話，也從不佔你媽的便宜。我們雖然薪資微薄，但起碼有個能遮風蔽雨的家，也從來不會餓著肚子上床。我在這裡就只有一個小小的房間，其他什麼也沒有，但是我的房間裡，就連火柴盒這種小東西也不會遺失，就好像那個房間眞的是我的財產一樣。而且如果我半夜餓了，也大可以吃個盡興，世界上有多少人能有這種好命呢？

「可是我有一次做了一件可怕的事，不止一次。你那時候還只是小小孩，那陣子這裡有另一個男的，每天早晨跟我一起擠奶，那人家裡有頭驢子，驢子沒有草吃，挨著餓，因此他問我天黑之後能不能在後側的小路跟他碰面，拿一袋乾草給他。那年冬天格外冷，是我們碰過最難熬的一個冬天，我答應了他，每天傍晚都裝滿一整袋的乾草，在黑暗中到小路盡頭有杜鵑花的那附近去跟他碰面。這件事就這麼進行了好長一段時間，後來有一天晚上，我走在小路上的時候，水溝裡竄出來一個很醜的東西，那東西不是人，沒有手，他阻擋我的去路，從此以後我就不再偷威爾森太太的乾草了。現在我對這件事情覺得超愧疚，除了在告解室之外，我一次也沒告訴別人過。」

那一晚，費隆在大宅子裡待到深夜，乾掉兩小瓶黑啤酒，終究還是問了奈德是否知道他的父親是誰。奈德告訴他，他母親從沒透露過，但費隆出生前的那年夏天，大宅子來了許多訪客，都是些威爾森家族的親戚朋友，從英格蘭來的有頭有臉、漂亮體面的人物。他們曾經租了艘船，在巴洛河上釣鮭魚。誰曉得他媽媽當年是落入了誰的懷抱呢？

「只有上帝知道啊！」奈德說：「但是結果挺順利的，不是嗎？你在這裡有個好的開始，目前也過得不錯，不是嗎？」

費隆要離開前，奈德泡了茶，拿起六角手風琴，彈了幾首曲子後放下手風琴，閉上眼唱起〈短髮男孩〉[6]。這首歌以及奈德的唱腔惹得費隆頸背的汗毛倒豎，無法不在離去之前要求奈德再唱一次。

如今駕車行駛在大道上，兩旁的老橡樹和菩提樹高聳而樹葉落盡。汽車頭燈越過烏鴉和烏鴉巢，他看見大宅子新近重新粉刷過，前側所有的房間都亮著燈，客廳的窗前展示著聖誕樹，這是過去從未有過的情景，費隆的心陡然一緊，翻騰了一下。

他緩緩繞到房子的後側，在院子裡停下車，熄掉火。他的心中有某個部分並不想靠近這房子，不想與其中的人交談，但他強迫自己下車，踩過鵝卵石，敲響後門，默默聆聽屋裡的動靜，等待了一、兩分鐘，才又再度敲門。這時有隻狗吠叫起來，後院的燈光亮了，一個婦人打開門，用濃濃的恩尼斯科西口音招呼費隆。費隆解釋自己是來看奈德的，婦人告訴他，奈德已經不在此地了，兩個多星期前，奈德因爲感染肺炎而入院，目前在一所安養院療養中。

「在哪裡呢？」

「詳情我不是很清楚。」婦人說：「你要不要問問威爾森家的人？他們還沒有坐下來吃飯。」

「啊，不用，我不要打攪他們。」費隆說：「這樣就好了。」

「看得出來你們是親戚。」

「什麼？」

「很容易看得出來啊，你們長得有點像。」婦人說：「奈德是你的叔叔或舅舅嗎？」

費隆張口結舌說不出話，搖了搖頭，越過婦人的身影望進廚房，看見廚房地上現在鋪了油地氈。他望望碗櫥，碗櫥和從前的模樣相去不遠，仍然擺放著托盤和藍色罐子。

「你確定不要我通報一聲嗎？」婦人說：「他們肯定不會介意的。」

費隆看得出婦人對於門一直開著有些惱怒，他把冷風灌進屋裡了。

「啊，不用。」費隆說：「謝謝妳的好意，我先告辭了！能不能麻煩妳跟他們說一聲，說比爾．費隆來訪，祝他們聖誕快樂？」

「沒問題。」婦人說：「祝你萬事如意！」

「萬事如意！」

婦人關上門後，費隆注視著破損陳舊的花崗岩臺階，在臺階上吱吱嘎嘎搓了搓鞋子的後跟，才轉身去看庭院裡他仍能在黑暗中看見的物事——馬廄、乾草棚、牛舍、馬槽、通往果園的鍛鐵大門，他曾在果園中玩耍。還有通往穀倉閣樓的階梯、他的母親摔倒而後歸天的鵝卵石徑。

還沒來得及走回卡車並關上門，庭院的燈光突然暗了，一股空虛襲上他。他呆坐了一陣，注視冷風吹過光禿禿的樹頂，比煙囪更高的枝椏抖顫搖曳，他伸手從牛皮紙袋裡拿出一個百果派來吃。至少有半小時或更久的時間，他呆坐在那兒，反覆回顧屋裡那婦人所說的關於他和奈德很像的話，任這話攪得他心緒激盪翻騰。原來眞相是必須要透過陌生人的口才能大白。

不知過了多久，樓上有扇窗簾掀動，一個孩子探出頭來。費隆強迫自己伸手握鑰匙，發動引擎。回到路上，他把新的思慮撇到一旁，回過頭去掛念修道院裡的那個女孩。最令他痛苦難當的不是女孩怎會被遺忘在煤倉，不是修道院院長的態度。最最不堪的是費隆在場時他們那樣對待女孩，而他袖手旁觀。女孩就只拜託他一件事，拜託他問起她的寶寶，而他竟然沒有問。他拿了錢就走了，任由女孩坐在桌旁，面前的桌上空空如也。她的胸脯滲著奶，濡濕了小小的開襟毛衣，染汙了她的襯衫，而他就這麼走開了，像個僞善者那樣，望彌撒去了。

7

聖誕夜，費隆從沒感覺這樣不想去上工過。有好幾天的時間，他的胸中有個什麼堅硬的東西積累著，但他一如往常更衣，先喝一杯伏冒熱飲，才上路前往煤場。工人都已經到了，站在大門外，在冷風中跺腳取暖，朝著手掌呵氣，互相聊著天。他所留用的每一個人都老實認眞，不會靠在鏟子上發懶，也少有牢騷怨言。要讓人使出最好的表現，首先要對他們好，威爾森太太曾這麼說。如今他很高興自己在聖誕節總是帶女兒們造訪兩座墓園，在威爾森太太墓前及自己母親的墓前都放上一副花環。他很滿意自己起碼教了她們這一點點事。

費隆向工人們道了早安，打開大門，機械性地查看煤場，查看煤貨和出貨清單，然後才爬上卡車駕駛座。發動時，排氣管冒出一陣黑煙。上路後，卡車爬坡爬得吃力，費隆知道引擎快不行了，知道愛琳一心想要安裝在房子前側的窗戶明年可能裝不成，後年也沒有希望。

鎮郊的部分家戶很明顯地景況不佳，至少有六、七次，他被拉到一旁，對方小小聲地詢問他貨款能否賒欠。而到了其他一些家戶時，他則盡力加入他們一波波小小的歡樂談話，並爲他們所給的卡片或禮物道謝，這些禮物包括有錫罐裝的翡翠巧克力焦糖[1]或花街巧克力、一整袋的歐洲蘿蔔或烹飪用蘋果、一瓶布里斯托奶油雪莉或黑塔葡萄酒、一件從未穿過的女孩用燈芯絨外套。一個新教徒在他掌心裡塞了一張五鎊鈔票，告訴他他的媳婦剛剛產下了個男寶寶，祝他聖誕快樂。不止一戶人家裡，放假中的孩子從屋裡奔出來迎接他，彷彿他是帶來煤炭的聖誕老人。有些人家在還負擔得起時照顧過費隆的生意，費隆在好幾戶這樣的人家門前擱下一袋木柴。其中一戶有個小男孩奔跑到他的卡車旁，拿起一塊煤炭，但小男孩的姊姊跟出來，給了小男孩一巴掌，要他把不乾不淨的煤炭放下。

「幹！」小男孩說：「去妳的，滾開！」

小女孩並不引以為恥，她遞了張聖誕卡片給費隆。

「我們知道你要來。」小女孩說：「可以省下寄卡片的錢。媽咪總是說你是個好人。」

駕車返回鎮上的途中，費隆提醒自己，只要學會在施與受之間求取平衡，好讓自己與家人及外人都能和平共處，那麼人也可以很善良的。但當這個想法一進入他的腦中，他便立即知道光是這麼想本身也是一種特權，他自己怎麼就不懂得將景況較好的人家所給他的糖果禮物分享給景況較差的那些人家呢？聖誕節總是會激發出人們最好的一面和最壞的一面。

回到煤場時，午禱鐘早已響過了，但工人們仍然精神奕奕地收拾著，清掃並沖洗水泥地面，互相說著笑。費隆清點存貨，在簿子上登記好，鎖上組合屋的門，用好幾個麻布袋蓋住卡車引擎蓋，以防大夥兒都說會來的惡劣天氣眞的出現。接著幾個同事輪流在水龍頭下刷掉手上和靴子上的污漬。最後，費隆從卡車裡拿出他的大衣，鎖上煤場大門。

這天他們在柯霍餐廳吃的午餐由煤場出錢。柯霍太太穿上一件有著節慶歡樂氣息的新圍裙，在桌子與桌子之間走動，爲客人供應額外的肉汁，續馬鈴薯泥、雪莉酒乳脂鬆糕、聖誕布丁和鮮奶油。工人們輕輕鬆鬆享用午餐，吃飽了仍流連不去，悠悠閒閒喝著一品脫又一品脫的黑啤酒和麥酒，互相傳遞香菸，用柯霍太太供應的紅色紙巾擤鼻涕。費隆並不想逗留，他此刻別無所求，只想快快回家，但他耽擱著沒有走，因爲這個時節感覺似乎就是該花點時間在他平日絕少抽出時間來做的事上頭，發發懶，打打混，感謝他的員工，並且獻上祝福。員工們已經拿到年終獎金了。費隆和工人們一一握手，然後才去結帳。

「你一定累壞了吧！」費隆走上前來結帳時，柯霍太太說：「一年到頭從早到晚忙個不停。」

「妳也差不多呀，柯霍太太！」

「頭上要戴皇冠，肩上就要負重任呀[2]！」柯霍太太笑著說。

柯霍太太正在烹調菜尾，把醬料壺裡的肉汁倒進平底鍋，刮下盤中的馬鈴薯泥。

「最近忙翻了。」費隆說：「是該放個幾天假了。」

「當男人眞是好呀！」柯霍太太說：「還可以放假[3]。」她發出了更刺耳的一陣笑聲，在圍裙上擦擦手，把帳目鍵入收銀機。

費隆遞上鈔票，柯霍太太把鈔票收進抽屜裡，走出櫃檯來找錢給費隆，朝費隆湊近幾步，轉過身背對餐桌。

「比爾，我說的要是有錯，你可是要糾正我！我聽說你跟山上修道院那個老闆娘吵了一架，是不是呀？」

費隆握緊手中的零錢，眼光垂落下去，望著牆壁底部的踢腳板，目光隨著踢腳板一路望向角落。

「我不會說那是吵架，不過我確實在那兒待了一個早上，沒錯。」

「你知道呀，這不關我的事，但是關於那邊的事，你說話可要小心呀！跟敵人要走得近，把壞狗留在身邊，好狗就不會咬人。這道理你自己也懂。」

費隆低頭望著棕色地毯上環環相扣的黑色圓圈圖案。

「別介意呀，比爾！」柯霍太太碰碰費隆的袖子：「就我剛說的，這不干我的事，可是你一定也知道，那些修女什麼事都插上一手。」

費隆退後一步，面對著柯霍太太：「我們給她們多少權力，她們才有多少權力，不是嗎，柯霍太太？」

「我可不那麼確定。」柯霍太太說完頓了頓，用一種極度務實的女人看男人時偶爾會有的眼神望著他，彷彿男人不是男人，而只不過是愚蠢的小男孩似地。愛琳曾經不止一次用這種眼神看他，事實上她可能這麼看過他許多次。

「不用管我沒關係，」柯霍太太說：「但是你跟我一樣都是辛辛苦苦打拚，好不容易才有了今天的成就。你有一個美好的家庭，女兒都很乖巧，你知道她們那兒跟聖瑪加利大只有一牆之隔。」

費隆沒有生氣，他的語氣變溫和了：「我知道的，柯霍太太。」

「我們地方上沒念那所學校的女孩後來混得好的，我一隻手數得出來。」柯霍太太攤開手掌。

「妳說得對，的確是如此。」

「雖然說這裡的修女和其他地方的也許屬於不同教派，」她繼續說：「但是相信我，整個教會都是一夥的，得罪了其中的一支，未來在其他地方的發展也是會受限。」

「謝謝妳，柯霍太太，非常謝謝妳的忠告！」

「聖誕快樂，比爾！」

「也祝妳聖誕快樂！」費隆把她剛剛找給他的零錢塞回她的掌心。

費隆走出門時，外頭在下雪。白皚皚的雪花從天上紛紛飄落，落在小鎮也落在四周。費隆站著，低頭看看自己的褲管，看看靴子的尖端，把帽子拉緊了些，扣上大衣的釦子。有好些時刻，他就僅是在碼頭邊走著，手深深插在口袋裡，頭腦尋思著方才聽見的話，眼光望著暗黑的滔滔河水，嘴裡灌著冰冷的雪。在空曠的戶外，眼前沒有亟待解決的緊急事項，身後則一整年的工作已經完成，他感覺自己自由了些，急急辦完事好快快趕回家的迫切感逐漸消褪。他幾乎是輕鬆愉快地轉了個彎，來到小鎮以之字形懸掛的長串五彩燈飾下方，擴音器播放著音樂，一個男孩高亢的嗓音一氣呵成地唱著：「啊，聖善夜，眾星照耀極光明[4]。」費隆走過鎮公所外的樹，被人行道上的一顆石頭絆到腳，險些跌倒，他不自覺地把過錯怪在柯霍太太頭上，因爲柯霍太太強迫他灌一杯熱威士忌來治療感冒，又給了他超大的一碗雪莉酒乳脂鬆糕。他不時停下腳步來看看商店的櫥窗，看看商品，看看蜿蜒懸掛的聖誕金蔥，看看那許許多多閃閃發亮的物品——沃特福水晶[5]、不鏽鋼餐具、瓷製茶具、香水瓶、受洗禮物杯。在佛瑞斯妥銀樓，他的目光停駐在黑色的絨布展示盤上，絨布穿了洞，好放置訂婚戒、結婚戒、金錶、銀錶。手臂形狀的展示架上綴著手環，還有盒式吊墜，垂在鍊子或項鍊上。

來到史戴佛的老商店，費隆孩子一般注視著板棍球組[6]、盛在網袋裡的彈珠、玩具兵、塑膠黏土、樂高、跳棋組和西洋棋組，注視著一些沒有被時間淘汰的事物。有兩個洋娃娃身穿綴有層層蕾絲的洋裝，僵硬地坐著，雙臂前伸，手指幾乎要碰觸到了櫥窗玻璃，彷彿請求觀看者將它們抱起。費隆走進商店，向史戴佛太太詢問有沒有農場圖樣的五百片拼圖。史戴佛太太回答，他們目前唯一販賣的拼圖是兒童拼圖，難度較高的拼圖現在需求很低，她問費隆需不需要替他尋找別的東西，費隆搖搖頭，但買了掛在史戴佛太太腦袋後方一個鉤子上的一袋檸檬牌軟糖[7]，因爲他不想空手離開。

到了喬思家具店，他在販售的穿衣鏡中看見自己的倒影，覺得他該去理個髮。來到理髮院，他往屋裡窺了窺，發現有許多人排隊等候，但他還是推門進去，門上的小鈴鐺立刻響了起來。他在長板凳的尾端坐下來等，排在他前面的是個他不認識的紅髮男子，還有四個面貌與他相仿的紅髮男孩。坐在理髮椅上的是辛諾，他看來似乎又多喝了幾杯，此刻理髮師正在他背後，給兩側和後腦杓的短髮做最後的修整。理髮師從鏡中對費隆鄭重地點點頭，繼續揮著剪刀忙碌了一番，然後放下剪刀，拿刷子掃去辛諾頸子上的頭髮，同時倒掉菸灰缸裡的菸灰。菸屁股落進垃圾桶裡時，有些頭髮微微灼燒，發出了焦味，費隆想起愛琳聽說理髮師那個在當電氣工人的年輕兒子得了絕症，被宣判來日不多了。現場幾個男人閒聊起來，言談間夾雜了好些個葷腥笑話，但因爲有孩子在場，笑話說得隱晦含蓄。

費隆發現自己並不怎麼加入談話，而是將談話隔絕在外，自顧自思忖想像著其他事務。有更多客人進來後，費隆在長板凳上挪動位置，坐到了鏡子前方。他直直瞅著自己的倒影，搜尋自己的面容與奈德相似之處，但他既看得出來，也看不出來。說不定威爾森太太家的那個婦人弄錯了，只是因爲錯以爲他是奈德的親戚，便逕自想像他倆的容貌相仿。但這情況似乎可能性不高。費隆無法不憶起自己母親過世時奈德的心情有多低落，他記得他們總是一同去望彌撒，一同吃飯，記得他倆夜裡常在火爐前促膝長談到深夜，他想著這一切意味著什麼。倘使這事是眞的，那麼奈德如此讓費隆相信自己出身高貴，這許多年來又始終不離不棄地守護著他，豈不是奈德所賜予他的美好恩典嗎？這個男人曾幫他擦皮鞋、綁鞋帶，曾爲他買第一把刮鬍刀，教他剃鬚。爲什麼最近身的事物最難看清？

有這樣一個空檔可以浮想連翩，他的思緒脫韁奔騰起來，一整年的工作已經完結，他一點兒也不在意坐在那兒排隊等待。待他剪好頭，付好錢，步出室外，地上積雪已深，小徑上先他來而來或後他而來的人足跡都清晰可見，但是同時又雜沓模糊。

來到查爾斯街，他走進漢拉翰鞋店去領他爲愛琳預訂的漆皮皮鞋，店家已經事先把那雙鞋收到一旁了。他有幾個好客戶，櫃檯裡頭那位衣著入時的女士是其中一個好客戶的妻子。這位女士對於服務他似乎並不熱衷，但還是把裝著鞋的盒子拿了出來。

「您要的尺寸是六號，對嗎？」

「六號，」費隆說：「對。」

「要不要包裝？」

她把兩隻鞋並排放好，襯紙摺疊覆蓋上去，蓋上盒蓋。

「如果可以的話，」費隆說：「就麻煩包一下。」

他看著女士包裝。女士從膠帶臺拉過膠帶，把印著冬青圖案的包裝紙邊緣摺出皺褶，最後把鞋盒裝進塑膠袋裡，告訴費隆應付的價錢。

費隆付了錢，走出店外，夜幕已經低垂好一段時間，他恨不得快快爬坡回家去，但聞到了炸魚薯條店傳出的熱油味，店門開著，費隆不由得走進去買了一瓶七喜汽水，飢渴地站在櫃檯一飲而盡，不知不覺又沿著河岸往回走，向橋走去。走到橋邊，一股寒意和疲累襲上他。雪仍在下，雖說下得靦腆，卻無一倖免地落在地面所有的物體上。他不明白自己何以不返回安全舒適的家中，愛琳想必已經在準備去望午夜彌撒，想必正在納悶費隆跑到哪裡去了，但是如今，他的這一天已經被另一件事滿滿地佔據了。

他走上橋，在橋上俯視滔滔奔流的河水。傳說巴洛河被下了詛咒，是什麼樣的詛咒，費隆記不完全，只依稀知曉大約是，古早時代有一群修士在附近建築了修道院，獲得向過河旅人徵收通行費的權利，但時日漸久，修士養大胃口，貪念漸增，引起鎮上居民反彈，將他們逐出城。修道院院長臨去時對小鎮下咒，詛咒小鎮每年都會被河水帶走不多不少三條人命。

費隆的母親對這則傳說深信不疑，她告訴費隆，有一年的除夕夜，她認識的一個牛販駕卡車時衝出道路，成爲當年第三個溺死的人。母親有時會用她長滿雀斑的強壯手臂抱著他，用另一隻手攪拌攪乳器。有時夜裡她與奈德一同擠奶，會把頭靠在牛肚子上，哼唱一、兩首小曲兒，幫助牛奶順利流出。偶爾她會因爲費隆莽撞冒失、說話沒大沒小，或是沒把奶油盤的蓋子蓋好而打他巴掌，但那些都是小事。

費隆忐忑地繼續前行，回想著那個央求他帶她到河邊好讓她跳河溺死的都柏林女孩，回想著他是如何拒絕她。他回想著他在回程如何迷路，想起那天傍晚那個帶著公羊在霧中劈砍薊草的奇怪老人，想起那老人告訴他，那條路通往他想去的任何地方。

來到河對岸時，費隆繼續前行，爬上山坡，經過了一排不同樣式的房子，這些房子前側的房間點著蠟燭，擺放著嫣紅美麗的聖誕紅，他從未見過這些房子的內部，僅僅從後門的外部向內望過。其中一棟房子裡，有個男孩身穿休閒西裝外套，坐在鋼琴前，一位衣著亮麗的婦人手捧一支高腳杯，站在男孩身畔聆聽男孩彈琴。另一棟房子裡，有個面色憂愁的男子伏在案前振筆疾書，彷彿痛苦地計算著數字，期望收支能達到平衡。還有一棟房子裡，一個小男孩在一張長毛地毯上騎一隻搖搖馬，一旁一個身穿聖瑪加利大校服的女孩坐在一張天鵝絨長沙發上。費隆好奇女孩爲何在不上學的日子穿校服，又想或許她才剛剛去練合唱回來。

他繼續前行，超過了有路燈和燈火通明房舍的路段，繼續上坡，在靜謐的黑暗中轉了個彎，繞過修道院的外側，仔仔細細檢視了這個地方。龐然聳立的圍牆包圍了修道院的整個後側，頂端同樣插著碎玻璃，在漫天飛雪中若隱若現。三層樓高的窗戶被染成黧黑，安裝了鐵柵欄，望不進室內。他繼續前行，感覺自己像隻夜行動物，正悄悄潛伏，追捕獵物，一股近似於興奮的情緒在他的血液間奔湧。他繞過轉角，一隻黑貓正舔著嘴唇，啃食一隻烏鴉的屍體。黑貓看見費隆，身子一僵，一溜煙兒穿過樹籬逃開。

費隆繞了一圈，回到前門，穿過敞開的大門，走上車道，紫杉和長青樹一如人們所形容的，美得如詩如畫，冬青樹叢上結了莓果。雪地裡只有一道足跡，模模糊糊走往與費隆相反的方向。費隆來到前門，沒有遇見任何人，輕易地長驅直入。他走到山牆，繞了個彎，來到煤倉門前，開門的渴望有一瞬間奇異地消失，但隨即又返回，他拉開門栓，喊女孩的名字，也報上自己的名字。在理髮店時，他想像或許門會上鎖，或者女孩會很幸運地不在煤倉裡，或者也許有段路他可能會需要抱著女孩行走，他想自己如何走得動，又或者他會怎麼做，又或者他到底會不會做任何事，又或者他到底會不會眞的來到這裡，但一切都與他所害怕的完全相同，只不過這回女孩欣然接受了他的大衣，他領著女孩出門時，女孩樂於倚靠在他身上。

「現在妳就跟我回家，莎拉。」

他扶著女孩走路，路程並不艱難，他們走下門前車道，走下山坡，經過那些美輪美奐的房舍，走向橋梁。過橋時，費隆的眼光落在河水上，黑啤酒一般烏溜溜的河水在昏暗中流淌，費隆有些羨慕巴洛河知曉自己的路徑，羨慕河水能毫不費力地沿著永不更改的河道，一路奔流入廣闊大海。身上沒穿大衣，空氣變得凜冽，他感覺自己的勇氣與自衛本能在天人交戰，他又一次考慮將女孩帶到神父寓所，但這個想法在他心中早已盤桓過許多次，每每轉去便又會轉回，他認定神父老早知道這事了。柯霍太太不正是這麼暗示他的嗎？

整個教會都是一夥的。

前行的路上，費隆遇見了一些他結識已久且往來過大半生的人，這些人大半開開心心停下腳步來與他交談，直到眼光垂落，看見女孩赤裸的雙腳沾滿污漬，才發現這女孩並不是他的女兒。有些人察覺後，小心翼翼地敬而遠之，或是尷尬地說幾句話，有禮地道聲聖誕快樂後離去。有位用長長皮帶牽著小狗的年長婦人質問他這女孩是誰，是不是洗衣房那些丫頭當中的一個。有個小男孩看見莎拉的赤腳，哇哈哈嘲笑她髒兮兮，他的父親狠扯了一下他的手，要他閉嘴。肯尼小姐身穿一件費隆從未見她穿過的舊衣裳，口氣裡透著酒味，停下腳步來問費隆爲什麼雪夜裡帶個沒穿鞋的孩子出門，說完便繼續前去，應是假定莎拉是他家孩子當中的一個。他們所遇見的人當中，沒有一個直接對莎拉說話，也沒有一個詢問費隆要把莎拉帶往哪兒去。費隆不覺得自己有必要多說什麼或解釋什麼，因此僅是盡可能搪塞一番，便繼續向前去。他的心中既興奮又恐懼，對於目前並不明朗，但他心知必將面臨的未來，他感到恐懼，而興奮之情與恐懼不相上下。

兩人來到鎮中心，鎮中心妝點著聖誕燈飾，費隆有些退縮，有點想繞遠路回家，但他鼓起勇氣來繼續前行，踏上尋常返家的路徑。女孩似乎發生了什麼轉變，很快便必須停下腳步，在街道上嘔吐。

「好孩子！」費隆鼓勵她：「都吐出來吧！把那些不好的物事都吐出來吧！」

在鎮廣場上，女孩在點著燈的馬槽前停下來休息，神情恍惚地站著，望向馬槽，費隆也跟著望向馬槽，望向約瑟鮮亮的袍子，望向雙膝跪地的聖母瑪利亞，望向綿羊。在費隆前次看見這場景之後的某個時間，有人把三賢士和小耶穌的公仔放進來了，但吸引女孩目光的卻是那頭驢子，她伸手去撫摸驢子，撥掉它耳上的積雪。

「好可愛，對不對？」她說。

「再走不遠就到了。」費隆向她保證：「我們就快到家了。」

繼續前行的路上，他們又遇見了更多費隆認識或不認識的人，費隆發覺自己在自問，不互相幫忙的人生有什麼意義？走過了一年又一年、十年又十年、漫漫人生當中，如果一次也不曾挺身與現行的狀況相抗衡，你還能稱自己爲基督的信徒，還有臉面面對鏡中的自己嗎？

與這個女孩同行，費隆幾乎感覺自己輕盈且高大，心中湧現一種不曾有過的、全新的、無可辨識的喜悅。有沒有可能是他最好的一面從內裡浮出表面、綻放光亮了？他知道，他內心的某個面向脫韁奔騰起來，他不知那個面向稱爲什麼面向——這面向有名稱嗎？有一天他將爲此付出代價，但在他平凡無奇的一生中，從未有過類似於此的快樂，甚至當他頭一次將女兒抱在懷中，頭一次聽見她們倔強而健壯的哭聲時，也不曾有過同樣的喜悅。

他想起威爾森太太，想起她在每一個日子裡的善良，想起她曾經如何糾正他並鼓勵他，想起她曾經說過與做過以及拒絕說或拒絕做的種種小事，想起她必定知道的事，這些種種事加在一起，便累積成了一生。倘使沒有威爾森太太，他的母親可能就會被送到那個地方。他今天做的事倘使早些時日做的話，他所拯救的可能就是他自己的母親——假使他所做的事能稱爲拯救的話。而若是他的母親到了那兒，只有上帝知道他會碰上什麼命運，會到哪裡去。

他知道，最糟的事還沒來。他已經感覺得到，有一籮筐的麻煩在下一道門的背後等著他，但原本可能發生的最糟的事也已經過去了，他所差一點沒做的事，差一點要讓他懷著愧疚度過餘生的事，已經不在了。他所將面對的苦痛遠遠不及身旁這女孩已經承受的苦痛，且她未來可能將承受更多苦痛。費隆爬著上坡的街道，帶著赤腳的女孩和裝在盒子裡的鞋，走向自家大門，他的恐懼遠遠比其他所有感覺都強烈得多，但他癡傻的心中不只是希望，更是合理地相信，這難關他們一定會度過的。

附注

這是一篇虛構小說，沒有根據任何眞人實事改編。愛爾蘭的最後一間瑪德蓮洗衣中心直到一九九六年才關閉。有多少少女或婦女被藏匿、監禁在這些機構裡並遭到強制勞動，我們不得而知。一萬是保守的估計，三萬可能較接近事實。瑪德蓮洗衣中心的紀錄多已損毀、佚失，或是遭到刻意藏匿。這些少女及婦女的工作絕少獲得任何形式的認可或表彰。許多少女或婦女失去了她們的寶寶，有些連自己的生命都失去了。有些或多數失去了她們原本可能擁有的人生。成千上萬的嬰孩在這些機構中死去，或經由母嬰中心出養，但實際數字我們不得而知。今年稍早，母嬰之家調查委員會報告（Mother and Baby Home Commission Report）發現，光是在他們所調查的十八個機構中，就死了九千個孩子。二〇一四年，歷史學家凱瑟琳·克雷斯（Catherine Corless）公布了她驚人的調查結果，發現哥爾威郡（County Galway）的土安庇護所（Tuam home）在一九二五到一九六一年間死了七百九十六個嬰兒。這些機構由天主教會在愛爾蘭政府的協助下出資經營。愛爾蘭政府直到二〇一三年才由總理恩達·肯尼（Enda Kenny）出面，為瑪德蓮洗衣中心向大眾表達歉意。

謝詞

作者希望能爲奧斯丹納協會[1]與愛爾蘭藝術協會[2]、威克斯福郡議會（Wexford County Council）、作家基金會（The Authors' Foundation）、海因里西・伯爾協會[3]以及都柏林三一學院等機構的支持表達感謝之意。

同時也感謝凱瑟琳・貝爾德（Kathryn Baird）、費莉希・布朗（Felicity Blunt）、亞歷士・波勒（Alex Bowler）、緹娜・卡拉漢（Tina Callaghan）、瑪莉・克雷頓（Mary Clayton）、伊安・克瑞奇利（Ian Critchley）、伊妲・戴利（Ita Daly）、諾琳・杜迪博士（Dr Noreen Doody）、葛蕾安・朶蘭（Grainne

Doran）、摩根・恩崔肯（Morgan Entrekin）、利安・哈爾平（Liam Halpin）、瑪格麗特・亨廷頓（Margaret Huntington）、克萊兒與吉姆・基根（Claire and Jim Keegan）、莎莉・奇奧（Sally Keogh）、蘿蕊塔・金瑟拉（Loretta Kinsella）、伊妲・雷南（Ita Lennon）、尼亞爾・馬克蒙納格（Niall MacMonagle）、麥可・麥卡西（Michael McCarthy）、派翠西雅・麥卡西（Patricia McCarthy）、瑪莉・馬凱（Mary McCay）、海倫・馬克高德瑞克（Helen McGoldrick）、歐恩・麥克納米（Eoin McNamee）、詹姆士・米尼（James Meaney）、蘇菲亞・尼・席歐恩（Sophia Ni Sheoin）、克萊兒・諾基埃爾（Claire Nozieres）、賈桂琳・歐丹（Jacqueline Odin）、史蒂芬・佩吉（Stephen Page）、蘿西・皮爾斯（Rosie Pierce）、喜拉・普迪（Sheila Purdy）、凱蒂・雷西安（Katie Raissian）、喬瑟芬・薩爾維達（Josephine Salverda）、克萊兒・辛普森（Claire Simpson）、珍妮佛・史密斯（Jennifer

Smith）、安娜・史坦（Anna Stein）、德芙拉・提爾尼（Dervla Tierney）及莎賓娜・韋斯皮澤（Sabine Wespieser）。

同時感謝我的學生，這些年來他們教導了我很多事。

譯注

* mother and baby homes，由愛爾蘭天主教修女營運的機構，盛行於二十世紀中期，專門收容未婚生子的女子及其嬰孩。未婚生子在天主教被視爲罪孽，該機構迫使母嬰分離，並施以不當對待，以致機構內嬰兒死亡率高於平均人口中的嬰兒死亡率。

† Magdalen laundries，十八世紀到二十世紀末由天主教會經營的機構，專門收容未婚生子的婦女及其嬰孩，收容人常被迫於洗衣房工作，遭受不當對待。Magdalen通常拼作Magdalene，指抹大拉的馬利亞（Mary Magdalene），耶穌的女性追隨者，是第一位發現耶穌復活的見證者。

‡ *The Proclamation of the Irish Republic*，又作《復活節宣言》（*The Easter Proclamation*）。一九一六年愛爾蘭發生爭取脫離英國而獨立的武裝革命，史稱「復活節起義」（Easter Rising），活動中發表了此項宣言。該起義最終遭到英國鎮壓。此處譯文採用愛爾蘭共和國駐港領事館之官方中譯版。

1

1 由於夏季日出較早，部分歐美國家在夏季將時鐘調快一小時，以充分利用日光照耀的時間，冬季則調回原本的時間。歐洲固定於三月的最後一個星期日調成夏令時間，於十月的最後一個星期日調回正常時間。

2 New Ross，愛爾蘭東南部的一座小鎮，鄰近巴洛河（River Barrow）。

3 stout，又作司陶特啤酒或烈性黑啤酒，用未發芽的烘焙大麥釀造的啤酒，因爲原料經過烘焙，因此顏色呈現黑色。黑啤酒爲愛爾蘭最具代表性的酒品，最有名的黑啤酒爲愛爾蘭的健力士啤酒（Guinness）。

4 Rosary，天主教徒用來敬禮聖母瑪利亞的禱文。

5 hundredweight，重量單位，相當於五十・八公斤。

6 Angelus，三鐘經。三鐘經原爲一段祈禱文，天主教徒應每日誦唸三次，故稱三鐘經。教堂於每日的清晨六點、中午十二點和晚間六點鳴鐘提醒信衆，信衆便放下手邊事務，藉由誦唸《三鐘經》來默想耶穌誕生的奧跡。

7 由於耶穌於星期五被釘上十字架，因此天主教、東正教以及基督新教部分教派的教徒在星期五守小齋，不吃紅肉，改以魚取代，因此英國、愛爾蘭一帶居民星期五吃炸魚薯條。炸魚薯條同時也是英國、愛爾蘭的國民美食。

2

1 Protestant，基督教中天主教會之外的宗派統稱爲基督新教（Protestant church），即臺灣通稱的「基督教」（有別於天主教）。十六世紀天主教教會逐漸腐敗，德國教士馬丁．路德領導宗教改革，此後多起宗教改革所創建之新教會均隸屬於基督新教，簡稱新教。愛爾蘭居民以信仰天主教爲主，鄰近的英國則主要信仰基督新教。

2 Herefords，產於英格蘭中部赫瑞福郡的牛。

3 Cheviot ewes，一般作Cheviot sheep，產於蘇格蘭與英格蘭交界處赤維特丘陵的羊。

4 towpath，舊時由於風向不佳、水道狹窄或其他種種原因無法使用船帆時，在河邊以馬匹拖船用的河畔道路。

5 pound，二〇〇一年以前的愛爾蘭貨幣。一九九九年愛爾蘭改以歐元爲法定貨幣，但直至二〇〇二年歐元才實際成爲通用貨幣。愛爾蘭鎊與英鎊的拼法相同，幣值上則以些微差距略高於英鎊。

6 英國於亨利八世時代（一五〇九—一五四七）脫離羅馬天主教，另創英國國教（後作英國聖公會，屬基督新教的一支）。英國史上有四任國王名爲威廉。由於宗教上的歧異，天主教徒不會用英國國王的名字給小孩命名。費隆的正式名字是威廉，比爾是威廉的暱稱，此處意指威廉這個名字是威爾森太太取的，她是新教教徒，因此給費隆取了新教教徒才會取的名字。費隆由威爾森太太命名，暗指威爾森太太視費隆爲自家後人。

7 St Margaret's，天主教的聖人。

8 Enid Blyton，伊妮．布萊敦，一八九七—一九六八，英國著名的兒童文學家，其系列作品《淘氣的麗莎》（*The Naughtiest Girl*）、《五小冒險記》（*The Famous Five*）曾由水牛出版社出版，現已絕版。

9 Texaco prize，德士古爲一家美國石油公司，該品牌的愛爾蘭代理商於一九五五年創立德士古兒童繪畫競賽，爲愛爾蘭重要的兒童藝術獎項。

10 愛爾蘭政府爲家中有十六歲以下兒少的家長或監護人提供育兒補助金，過去係於每月的第一個星期五發放，現今改爲每月的第一個星期二。

11 St Mullins，位於巴洛河東岸的一座小村莊。

12 Knock，愛爾蘭梅奧郡（County Mayo）的一座村莊。

13 Haughey，全名是Charles James Haughey，一九二五—二〇〇六，愛爾蘭政治人物，曾擔任過三次總理。

14 一九八五年，英國與愛爾蘭簽訂英愛協定（Anglo-Irish Agreement），給予愛爾蘭政府在北愛爾蘭政府中具有諮詢地位。

15 Belfast，北愛爾蘭首府。

16 Unionists，主張愛爾蘭島應與不列顛島保持某種政治聯繫，支持北愛爾蘭續留於英國之內的人士。

17 由於前述英愛協定給予愛爾蘭政府在北愛爾蘭具有諮詢地位，因此都柏林得以對北愛事務參與意見。主張北愛續留英國的人士不樂見愛爾蘭共和國干涉北愛事務。

18 Cork，愛爾蘭共和國第二大城市，位於愛爾蘭南端。該城向來支持愛爾蘭民族主義，亦即主張南北愛爾蘭應該統一，但近來民族主義情緒略有下降。

19 Kerry，愛爾蘭西南地區的一個郡。

20 一九八五年夏天，科克郡一座村莊有人宣稱看見路旁的聖母像移動，此後的一段時間內，該郡附近據聞有多起聖像移動事件。

3

1 Hanrahan's，愛爾蘭知名的連鎖鞋店。

2 grotto，原意是洞穴、石穴。Santa's grotto則是英國、愛爾蘭一帶常在聖誕假期設置於商場、公園或人潮聚集處的一種小屋，兒童可以排隊進入，與扮成聖誕老人的人見面，向聖誕老人述說願望、領取禮物。有些聖誕老人屋需要購票入場。

3 bantam eggs，矮腳雞生的雞蛋，約爲一般雞蛋的一半大，但蛋黃較大且濃稠，適合做甜點。

4 *A Christmas Carol*，英國知名作家狄更斯（Charles Dickens，一八一二—一八七〇）所著的聖誕故事，描寫一毛不拔的商人史顧己在聖誕夜受到鬼魂和精靈造訪，因而領悟聖誕節的眞諦在於分享，從此痛改前非。

5 豪伊分別於一九七九至一九八一年間、一九八二年的部分月分以及一九八七至一九九二年間，共擔任過三次總理。本書背景爲一九八五年，當時的總理爲費茲傑羅（Garret FitzGerald）。

6 marmite，英國特有的一種抹醬，在愛爾蘭也同樣風行，係由釀造啤酒過程中沉積於底部的酵母濃縮製成，棕黑濃稠，帶有獨特的氣味，富含維生素B，通常塗抹於麵包上食用。

7 愛爾蘭傳統麵包，用小蘇打取代酵母。

8 此處的原文是，他查不到vocabulary這個字，因爲他以爲第三個字母是k。

9 trifle，一種英國甜點，由海綿蛋糕、果凍或果汁、水果、卡士達醬一層一層構成。

10 Live Aid，一九八五年七月十三日於英國倫敦及美國費城同時舉行的慈善演唱會，主旨在爲衣索比亞的饑荒募款。

11 Freddie Mercury，一九四六—一九九一，搖滾樂團皇后合唱團的主唱。

12 *Five Go Down to the Sea*，第十二集；*Five Run Away Together*，第三集。

13 Waterford，愛爾蘭東南部的一座城市。

14 Walter Macken，一九一五—一九六七，愛爾蘭作家，作品傳達其對愛爾蘭土地及人民的熱愛。

15 *David Copperfield*，狄更斯名著，描繪大衛・考柏菲爾的成長故事，自傳色彩濃厚。

16 Forristal's，新羅斯鎮上的一家老牌珠寶店。Forristal是愛爾蘭的一個古老姓氏。

4

1 the Good Shepherd nuns，天主教慈善團體，以促進婦女及女童福祉爲宗旨。

2 Aran jumper，又作阿蘭毛衣或麻花毛衣，發源於愛爾蘭的阿蘭群島（Aran Islands），傳說是爲幫助漁夫抵禦海上的寒風而編織，特色是如纜繩般粗大厚實的針織花紋。

5

1 愛爾蘭古老民間傳說敍述有個小氣國王拒絕人民到他的井取水，後來導致厄運降臨，因此愛爾蘭人相信拒絕給人水會招致厄運。

2 *Adeste Fideles*，英文作O Come, All Ye Faithful，聖歌名，又作〈請來，忠誠信徒〉、〈齊來，宗主信徒〉、〈普天下大欣慶〉、〈齊來欽崇〉。

3 John Paul II，一九二〇—二〇〇五，一九七八年開始擔任教宗，直至過世。

4 black pudding，又譯作血腸或黑布丁，用豬血加燕麥或其他穀物製成的食物，呈火腿似的圓柱形狀，通常切片油煎，於早餐食用。

5 Clonegal，正式拼法是Clonegall，位於愛爾蘭東南部的一個農村。

6 Kildavin，愛爾蘭東南部的小村莊。

6

1 *The Flight into Egypt*，聖經故事中，猶太王國的統治者希律王得知有猶太人的王降世，擔憂自己王位不保，遂下令屠殺伯利恆所有兩歲以下的男嬰，約瑟因此帶著妻小逃往埃及。

2 一愛爾蘭鎊等於一百便士，十便士約略相當於四元臺幣。

3 *Stations of the Cross*，又作「苦路十四處」或「苦路十四站」，一系列共十四幅雕刻或繪畫的圖像，呈現耶穌從被判刑到下葬的受難過程中所經過的十四處站點，通常鑲製在天主教堂的內側牆壁。

4 *All Creatures Great and Small*，根據獸醫作家吉米．哈利（James Harriot，本名Alf Wight，一九一六—一九九五）系列著作《大地之歌》所改編的電視劇，描繪獸醫吉米．哈利在英國約克郡鄉間行醫的故事。

5 mince pie，以各類果乾、堅果、香料當內餡做成的派，是英國聖誕節必吃的傳統甜點，愛爾蘭也有相同傳統。傳說自聖誕節當日至一月六日主顯節（Epiphany）的十二日間，每日吃一個百果派，可保佑新一年的十二個月都生活快樂。

6 *The Croppy Boy*，愛爾蘭民謠。一七九八年愛爾蘭起義反抗英國統治，參與起義者皆理平頭，被暱稱爲「短髮」（Croppy）。歌詞描述一名參與起義的年輕人行經教堂時，走進教堂向一位身著長袍的人告解自己將參與起義，那位著長袍人士卻是名英國軍官，軍官將男孩逮捕並處死。歌曲流露悲傷情調。

7

1 Emerald sweets，Oatfield Emerald是愛爾蘭糖果廠牌，生產巧克力太妃糖，是愛爾蘭最受歡迎也最具代表性的糖果。

2 Heavy is the head that wears the crown. 一般譯作「欲戴皇冠，必承其重」。語出莎士比亞劇作《亨利四世》，原文爲Uneasy is the head that wears a crown. 廣爲流傳成爲諺語後，uneasy一字轉變爲heavy。

3 西方人過聖誕節猶如華人過舊曆年，有許許多多準備功夫需要進行，包括採買、烹煮聖誕大餐、收拾善後等，這些工作傳統上都是女人的工作，因此聖誕節對男人及孩童而言是歡樂假期，對家庭主婦而言則比平日更辛苦。

4 O holy night, the stars are brightly shining. 聖誕聖歌〈*O Holy Night*〉的歌詞。

5 Waterford Crystal，水晶廠牌，作工精湛，該公司最早創設於沃特福。

6 hurley stick and sliotar，愛爾蘭傳統運動，又稱愛爾蘭曲棍球，遊戲方法是用頂端扁平的木棍將球擊入對方球門。

7 Lemon's jellies，Lemon's Pure Sweets，愛爾蘭舊日的一家知名糖果廠商，創立於一八四二年，於一九八四或八五年間因財務困難關閉，品牌名稱則出售給其他廠商，目前仍有糖果出品。

謝詞

1 Aosdàna，由愛爾蘭藝術協會創設的藝術家組織，參加的成員必須有傑出的原創作品。

2 The Arts Council，提倡藝術並爲藝術組織或個人提供資金補助的愛爾蘭政府單位。

3 Heinrich Böll Association，非政府組織，致力於推廣人權、和平、文化變遷與婦女權益。海因里西・伯爾（一九一七—一九八五）爲德國作家，一九七二年獲頒諾貝爾文學獎。

推薦跋

有些事情我再也不要繞過我的心

吳曉樂（作家）

收到《像這樣的小事》書稿時，即使事前已收到提醒，「這本書只有一百多頁」，我還是有點訝異，「就這樣嗎」。隨之而來的情緒是好奇（與一點妒羨），如何用這麼迷你的篇幅就入圍布克獎？《紐約時報》公布的二十一世紀百大選書，它也名列其中。當我讀了幾頁，這些心思旋即被拋之腦後。我忙著感受這陌異的時空：一座小鎮，有煙囪，碼頭，黑啤酒，多雨的凜冬，鎮上人物的言行舉止透露著濃厚的宗教氣氛。我也注意到注釋的編碼，大概是填鴨式教育的後遺症，我向來害怕多注釋的文本，但，多走幾步，我被說服——非這麼做不可。這是一座地理孤僻，風情獨特的小鎮。有太多未知必須、值得被好好解釋。

主角比爾・費隆現身，一位煤炭商人，小說家花了點篇幅描述費隆的「不凡」：他是一名私生子，母親並未與他人締結婚姻關係，考慮到小鎮的虔信，我們或可推敲「茲事體大」，難怪費隆的母系親友選擇斷絕來往。費隆很幸運，母親的雇主威爾森太太收留了他們、提供他們溫飽，費隆更被威爾森太太視如己出。小說家吉根在此埋下一個伏筆：威爾森太太「不太在乎他人的眼光」。她信仰新教，佔愛爾蘭人口的少數，但她尊重費隆母子的天主教信仰。威爾森太太沒有試圖改變這對受到她照顧的母子，她只是庇蔭著他們。數年後，費隆的母親死於意外。費隆則在成年之後，得到威爾森太太的扶持，順利創業，與妻子愛琳生了五個女兒，孩子給費隆帶來了驕傲和喜悅。費隆大概不介意我這麼描述他：這個人的前半生因爲「父不詳」而吃了一點苦，除此之外，大致算得上幸福。

費隆也關心其他人的幸福，這部分，太太愛琳採不同立場，愛琳主張有些人的不幸是「自找的」，不是個人懶散，就是祖先怠慢。我以爲，費隆跟愛琳，與其說是對錯問題，不如說是比例，我的內心既有費隆的兼愛，但也不乏愛琳的警戒。費隆不以常規爲當然，他常睜大眼睛，觀察世界上的禍福是如何分配在每個人身上。假設費隆是當代人，我猜，他的社群頁面大頭貼應該放了全家的合照。很少發文，倒是會聲援一些人權議題、認養貓狗的文章，固定給慈善機構捐款之類的。費隆深思，且多慮，他不僅想著許多人的人生，也在記憶裡穿梭，偶爾沉緬於過往的陰影，但他更常回味威爾森太太對他付出的愛。至於未來，費隆有中年危機的跡象，「近來他開始思索，除了愛琳和女兒們，還有什麼東西是重要的呢？他就要四十歲了，卻感覺自己庸庸碌碌，一事無成，偶爾無法不納悶人生在世所爲何來」。就在我們對費隆的理解到了差不多的程度，小說的機關終於發動了。橫在費隆眼前的，是愛爾蘭歷史上醜陋的一頁，也是我們終其一生，不可能倖免的問題——如何旁觀他人的苦痛？

吉根從威爾森太太、愛琳等角色，顯示了幾種思路。愛琳提供了清晰的觀點，「如果你要好好過生活，有些事情就必須視而不見」。若我們奉行這個觀點，或許，我是說或許，這篇小說的主角就得換人。費隆之所以能夠在「這裡」專注地思索人生的諸多選擇，有很大一部分來自於威爾森太太並未對費隆母子的處境視而不見。

我也想談一下，《像這樣的小事》提及的作品，狄更斯的《小氣財神》，此作反映維多利亞時代，工業革命肇致的貧富不均。主人公史顧己視財如命，災難臨頭時幡然領悟，聖誕佳節的精神存於分享。史顧己見了棺材才掉淚，且他內心的逆轉，在於個人幸福不再；費隆衣食無虞、家庭美滿，卻願爲陌生他人涉險。我以爲，這裡有小說家刻意但含蓄的指示：

於現世，我們不應持續滿足於偶然的好心。我由衷喜歡費隆跟修道院院長對峙的臺詞，「您和所有的女性也都曾經是女孩」。簡單，純粹，經得起所有考驗。吉根的敍事重心並未置放於惡行本身，而是費隆內心如何反覆辯證，最終決定行善。從費隆母親深信不疑的地方傳說（貪婪的修道院院長對小鎮下了詛咒），費隆的小女兒蘿蕊塔「看見高大胖壯的聖誕老人沿街走來時，緊張地後退一步，哭了起來」，以及修道院院長的姿態，我們似乎又能隱約讀到吉根的弦外之音：務必警惕那些自詡美善之人。

年紀還小時，我有個似是而非的認知：經過腦子的事物更顯矜貴。按照這個脈絡，智慧跟勇氣兩個形容詞，我更樂意後者的標籤。隨著慢慢老去（我的年紀也快靠近費隆了），我越來越懂得勇氣的稀罕。勇氣（courage）的字根源於拉丁字cor，也就是「心」。費隆一再拷問自己，爲什麼袖手旁觀、怯未採取行動？回到他最初的提問，此生，究竟是爲了什麼而活？要說我從《像這樣的小事》裡，被勾起了什麼念想，我會說，我納悶，人爲什麼老是一次次繞過自己的心？

小說很短，收束在一個看似正要舒展的橋段，留下的疑問卻無比漫長。我其實也好奇著「然後呢」，費隆的妻子，五個女兒，以及那些敬愛費隆的人們，他們會如何評價費隆的行止？費隆一家或將付出怎樣的代價？考慮到人們的耳語，以及那首歌〈短髮男孩〉，不難勾勒出一個悲觀的生態；更坦白地說，若徵用現實，遲至二〇一三年，愛爾蘭政府才為愛爾蘭母嬰之家與瑪德蓮洗衣中心的醜聞致歉。二〇二一年，調查報告出爐，總理馬丁再次致歉；愛爾蘭天主教教會大主教伊蒙也同步發表聲明，坦承教會是當年「污名化、批評與拒絕提供他人協助」文化的一部分。

再一次地，永遠地，讓我們回到小說。譯者彭玲嫻呈現了吉根行文的乾淨、節制與接近永恆的深美。勾勒了一個時代，又不受那個時代所羈。我想像有讀者從這本小說得到寧靜及苦甜，特別在如此不安寧的現世，他人的苦難如此透明可及，切莫遺忘，曾經有誰，她來過，呼吸了一口清新的空氣，接收過真誠溫暖的照顧。我期許自己，我要好好過生活，有些事情我再也不要繞過我的心。

藍小說356

像這樣的小事

作　者—克萊爾．吉根
譯　者—彭玲嫻
編　輯—張瑋庭
美術設計—廖韡
內頁排版—宸遠彩藝
封面圖像—Pieter Bruegel the Elder, *Hunters in the Snow* (Winter), 1565, incamerastock / Alamy

總編輯—嘉世強
董事長—趙政岷
出版者—時報文化出版企業股份有限公司
108019臺北市和平西路三段二四〇號三樓
發行專線—（〇二）二三〇六—六八四二
讀者服務專線—〇八〇〇—二三一—七〇五
（〇二）二三〇四—七一〇三
讀者服務傳真—（〇二）二三〇四—六八五八
郵撥—一九三四四七二四時報文化出版公司
信箱—（一〇八九九）臺北華江橋郵局第九九信箱
時報悅讀網—http://www.readingtimes.com.tw
電子郵件信箱—liter@readingtimes.com.tw
法律顧問—理律法律事務所　陳長文律師、李念祖律師
印　刷—家佑印刷有限公司
初版一刷—二〇二四年十二月十三日
初版五刷—二〇二五年三月十七日
定　價—新臺幣三二〇元
（缺頁或破損的書，請寄回更換）

時報文化出版公司成立於一九七五年，
並於一九九九年股票上櫃公開發行，於二〇〇八年脫離中時集團非屬旺中，
以「尊重智慧與創意的文化事業」為信念。

像這樣的小事/克萊爾．吉根(Claire Keegan) 著；彭玲嫻
譯 . – 初版 . – 臺北市：時報文化, 2024.12
面；公分 . –(藍小說;356)
譯自：Small Things Like These
ISBN 978-626-396-990-2

884.157　　113016871

ISBN 978-626-396-990-2
Printed in Taiwan